AF196483

Danksagung

Ich möchte meiner Familie für ihre Geduld, meiner Kollegin Katrin B. für ihre Hilfe bei der Durchsicht des Buches und insbesondere meiner Tochter Jessica für ihre Unterstützung bei der Bearbeitung des Buches danken.

Quellenangabe:

Coverbild und Rückseite © Oliver Henze
Fotos im Buch © Marina Hahne

ISBN:

Paperback: 978-3-7323-6007-9

Hardcover 978-3-7323-6008-6

E-Book: 978-3-7323-6009-3

Weiter Bücher der Autorin:

Die Liebe trifft das Leben

ISBN Paperback: 978-3-7323-0628-2

So weit mich deine Liebe trägt

Prolog

Die hier beschriebene Hauptfigur, eine junge Frau namens Melissa Lindemann, ist mir inzwischen so vertraut, dass ich manchmal denke, ich erzähle von mir selbst. Die Handlung mit ihren Personen darin ist jedoch frei erfunden und Ähnlichkeiten sind rein zufällig.

Diese dramatische Liebesgeschichte führt uns in das Jahr 1997, in ein kleines Dorf der Dübener Heide. Dort verbringt Liss ihre Kindheit und Jugend in ruhiger Abgeschiedenheit bis eines Tages eine schicksalhafte Begegnung ihr Leben und ihre Gefühlswelt völlig auf den Kopf stellt.

Ich frage mich, kann ein Gefühl durch das Leben tragen, die Sehnsucht nach Liebe zerstörerisch wirken? Was geschieht, wenn aufkeimende Gedanken oder Gefühle soweit verdrängt werden, dass sie unrealistisch wirken? Melissa Lindemann versucht genau das. Sie verdrängt ein Erlebnis so sehr, dass es ihr schwer fällt, die Realität noch von der Fantasie zu unterscheiden.

Sie fühlt sich stark zu dem selbstbewussten Jayden hingezogen, der in ihr anfangs keine ernst zu nehmende Gefahr für sein scheinbar geordnetes Leben sieht. Noch meint er, sich und alles unter Kontrolle zu haben. Doch schnell wird er eines Besseren belehrt und hadert mit seinem Schicksal. Die beiden jungen Menschen sind wie Feuer und Wasser, scheinen aber dennoch magisch voneinander angezogen zu werden.

Niemand konnte Liss so aus der Bahn werfen, wie der aufgeschlossene Jayden, der wiederum ließ sich von keiner so beeinflussen, wie von dieser aufrechten, sensiblen Frau. Melissa suchte und fand ein Ventil für die Vielfalt an

Gefühlen, die von Liebe und Verlangen über Freude und Zuversicht bis hin zu Missgunst und Verachtung verlief. Selbstzweifel waren wohl ihr größtes Problem. Wird die Kraft der Liebe ihr das nötige Selbstvertrauen schenken und alte Wunden letztlich heilen lassen?

Kapitel 1 – Schicksalhafte Begegnung

Am späten Nachmittag saß die junge Melissa Lindemann aufmerksam vor dem Spiegelschrank in ihrem kleinen Zimmer, welches mit alten, dunklen, schweren Möbeln vor einer weißen Fließtapete eingerichtet war und beäugte sich neugierig. Sie neigte ihr Gesicht zum Spiegel und schärfte den Blick. Sonnenstrahlen glitzerten auf ihrem Haar an diesem herrlichen Tag im August. Die Luft roch durch das offene Fenster nach frischem Gras und die Vögel zwitscherten begeistert. Autos fuhren nicht am Haus vorbei. Keine Menschenseele war zu sehen oder zu hören. Sie war mit sich allein. In einem dieser seltenen Momente nahm Liss sich Zeit, sich intensiver zu betrachten. Ihre Augen wanderten über ihre Konturen. Melissa wollte herausfinden, wer sie war und was sie ausmachte. Dazu begutachtete sie sich ganz besonders kritisch. Wie wirke ich wohl auf andere? Was fällt ihnen zuerst an mir auf und was mag ich an mir, wollte sie herausfinden.

Es waren ihre Augen, welche sie an sich besonders mochte, wie die einer Wildkatze, dunkelgrün mit etwas Erdigem darin. Ihre mittelblonde Mähne lag wallend auf ihren schmalen Schultern. Liss nahm den Kopf etwas zurück und lächelte nur verhalten, denn so kamen ihre verhassten Zähne zum Vorschein. Kerngesund, aber mit erbärmlichem Schiefstand entstellten sie diese doch auf erschreckende Weise. Dem Funkeln der Begeisterung in ihren Augen folgte jenes tränenreicher Schwermut. Wie offen doch die Fenster zur Seele ihren Gemütszustand widerspiegelten. Abrupt richtete sie sich wieder auf. Warum hatte sie nur dieses Gebiss? Solche schiefen Zähne empfand sie als großen Makel, welcher sie wiederum Demut lehrte und ihre Courage abverlangte. Sie war zu einer sensiblen, jungen

Frau herangewachsen, die sich nach der Liebe sehnte.

Melissa beugte sich etwas nach links und ihre schlanke Hand tastete zur Schublade der Kommode, darin nach dem Zettel, den sie dort früher abgelegt hatte. Ihre Finger durchstöberten suchend die Ablagefläche. Schließlich fand sie das Papier und nahm es an sich. Um die Gedanken, die sie selbst darauf vermerkt hatte, lesen zu können, wischte sie sich mit einer kurzen Handbewegung die Tränen aus den Augen und las:

Die Augen des Menschen

Die Augen des Menschen verraten dir
was ihm mit Worten nicht gelingt
sie spiegeln die Gefühle wider
die er innerlich zum Schweigen zwingt

Genau so schien es doch zu sein. All den Kummer und die seelischen Schmerzen, die sie so tapfer hatte verbergen wollen, spiegelten sich in ihrem mit Tränen verhangenen Blick. Zumindest *sie* konnte bis in ihre traurige Seele sehen. Sie senkte den Blick. Doch es war nicht an der Zeit, traurig zu sein. Liss faltete den kleinen Zettel sorgsam zusammen und legte ihn weit nach hinten in die Kommode zurück. Sie erhob sich vom Stuhl, ging zum Kleiderschrank und öffnete ihn. Nun richtete Melissa ihr Augenmerk auf den schönen Sommertag, zog ihren schwarzen Strickrock an und die lindgrüne Bluse aus dem Schrank. Schließlich hatte sie sich zum Dorffest mit einer Freundin verabredet. Ihr Blick wanderte zur großen runden Uhr an der Wand und gab ihrem Gefühl Recht. Zeit, sich zu beeilen. Sie lief zum Spiegelschrank zurück. Hastig zupfte sie an ihren Haaren und besprühte diese mit Haarspray. Nur nicht zu viel, sonst verklebten sie noch. Sie hielt kurz den Atem an und schloss die Augen. Nachdem sie die Lider wieder geöffnet hatte, suchte sie ihren Kajalstift. Vorsichtig umrandete sie ihre Augen, was deren Ausdruck deutlich intensivierte. Ein leichtes Zucken der Augenlider erschwerte ihr das Schminken, bevor die 16jährige erneut einen prüfenden Blick in den Spiegel warf und diesen für gut befand. Ach, was soll's, es muss und wird reichen, wie es nun einmal ist, zuckte sie mit ihren Schulter. Eine Jacke brauchte sie bei diesen Temperaturen nicht. Es war angenehm, so um die 25 Grad. Dass der BH ein wenig durch die Bluse schimmerte, war ihr recht. Ich kann schließlich zeigen, was ich habe, dachte Melissa. Sie drückte die Schultern durch und stellte sich gerade hin. Sie trug ihren engen Strickrock gern. Es war ihr Lieblingsstück und brachte ihre langen schlanken Beine und den knackigen Hintern zur Geltung. Liss sah an sich herab. Die junge Frau fühlte sich wohl in der Kleidung und komplettierte diese mit flachen schwarzen Schuhen. Schließlich wollte sie heute ausgelassen tanzen und das ging nun einmal mit diesen Schuhen am besten. Jetzt aber los, sonst sind am Ende alle schon gegangen, ehe ich dort aufkreuze. Liss trat hastig aus dem Flur ins Freie. Sie freute sich schon seit Tagen auf diese Feier und hatte mitgeholfen, die Örtlichkeit zu schmücken. Wochenlang hatten sie gebastelt und gewerkelt, um alles noch rechtzeitig fertig zu kriegen. Nun musste nur noch das Wetter mitspielen und Fortuna war ihnen gewogen.

Als sie am Dorfplatz von Krembach ankam, herrschte eine ausgelassene Stimmung. Die vielen kleinen Buden für das leibliche Wohl, der Bereich um die selbstgebaute Kegelbahn und natürlich der Getränkestand waren bereits gut besucht. Wartende traten von einem Bein auf das andere und mussten sich in Geduld üben. Der Festplatz war am Waldrand gelegen an einer wenig befahrenen Straße.

Eine betonierte Tanzfläche durfte natürlich nicht fehlen. Die Band spielte Musik aus den Neunzigern und einige Gäste tanzten. Auch Liss liebte es, ihre Hüften kreisen zu lassen. Genau genommen liebte sie Musik. Sie konnte gar nicht genug davon bekommen. Den ganzen Tag über lief bei ihr Zuhause das Radio und Melissa sang fleißig mit. Beim Putzen tanzte die junge Frau oft wild durch die Wohnung zum Sound. Es kam häufig vor, dass sie bei langsamer Musik ins Träumen gerät oder gar zu schluchzen begann. Ruhige Klänge berührten ihre zarte Mädchenseele zutiefst. Überhaupt war sie sehr in sich gekehrt, hing oft ihren Gedanken nach und ging in ihrer Fantasie spazieren. Doch heute wollte sie feiern.

Ihre Freundin Gina hatte sie auf dem Platz gleich entdeckt. Aufgeregt liefen die beiden einander entgegen: „Da bist du ja, wollen wir tanzen gehen?", hob Melissa fragend die Stimme. Die beiden Mädels kannten sich schon Jahre lang und gingen zusammen zur Schule. Gina, etwas kleiner als Liss, nur um die 1,65 Meter, hatte dunkle kurze Haare und haselnussbraune Augen. Sie trug eine dunkelblaue Jeans und ein schwarzes T-Shirt mit goldener Glitzerschrift. Beides stand ihr hervorragend, wie Liss feststellte. Sie lächelte ihre Freundin bestätigend an und diese ließ sich nicht lang bitten. Arm in Arm schlenderten die Mädchen in Richtung Tanzfläche. Es war einfach wunderbar, sich unter freiem Himmel, getragen vom Wind, zu bewegen. Rhythmisch zogen die beiden ihre Schultern hoch und taktsicher setzten sie ihre Schritte. Ausgelassen feierten die Zwei das Leben. Liss nutzte die Gelegenheit, ihren Gefühlen freien Lauf zu lassen. Sie war ganz in ihrem Element. Die Umwelt und die Blicke der Gäste, all das nahm sie nicht mehr wahr. Für einen Moment schloss sie die Augen, bis sie durch Ginas Stimme herausgerissen wurde:

„Ich gehe etwas zu trinken holen, kommst du?" Melissa schüttelte den Kopf: „Nein danke, ich bleibe noch." - „Gut, du weißt ja, wo du mich findest", erwiderte Gina und verließ die Tanzfläche.

Zwei Lieder später, die Band legte gerade eine Pause ein, bemerkte Liss, dass sie allein auf der Tanzfläche war und von drei fremden jungen Männern intensiv beäugt wurde. Ihr Unbehagen darüber wuchs zusehends. Sie wirkte ein wenig verloren. Normalerweise machte es ihr nichts aus, doch hörte sie den Einen der Drei lautstark sagen: „Schaut mal, die will mit sich selbst tanzen!" Liss stellte den rechten Fuß vor und stemmte die Hände in die Hüfte, warf ihm einen wütenden Blick zu und meinte nur: „Du kannst ja mittanzen, wenn du dich traust". Der braunhaarige Lockenkopf, schmal, aber groß gewachsen, schaute sich hilfesuchend um. „Na, geh schon!", meinte der etwas stämmigere Blondschopf neben ihm: „Wir bleiben ja in deiner Nähe" und schob den Lockenkopf in Richtung Tanzfläche. Die Drei hatte Mel, wie sie von ihrer Freundin Gina liebevoll genannt wurde, hier noch nie gesehen. Der Dritte im Bunde zündete sich gerade seelenruhig eine Zigarette an. Er beugte seinen Kopf zu seinen Händen und richtete sich anschließend wieder gerade auf. Er war ziemlich groß, braun gebrannt, hatte rabenschwarzes, leicht gewelltes Haar, trug dunkelblaue Jeans zu Turnschuhen und ein legeres schwarzes T-Shirt. Melissa drehte den Kopf, zwang sich, den Blick wieder abzuwenden. Ihr Herz begann in ihrer Brust wild zu schlagen. Sie wollte gerade gehen, als der Lockenkopf schlendernden Schrittes neben ihr erschien. „Hallo, ich bin Michael", ließ er verlauten, sah sie freundlich mit seinen hellbraunen Augen an und nahm Melissas Hand. Sie zog die Mundwinkel zu einem schmalen Lächeln, entgegnete aber nichts. Die Musik erklang und weitere

7

Gäste stürmten das „Parkett". Es war ein langsamer Song und Michael zog die junge Liss unter den neugierigen Blicken seiner Freunde zu sich heran. Jeder Muskel in ihrem Körper war angespannt. Sie senkte den Kopf und richtete ihre Augen auf den Boden, in den sie am liebsten versunken wäre. Melissa hatte Angst, Michael könnte ihren Herzschlag spüren und das falsch verstehen. Sie bewegte sich nur wenig. Er schien wirklich nett zu sein, denn er nahm auch jenen falschen Schritt von Liss nicht krumm, mit dem sie ihm versehentlich auf den Fuß trat. Sofort zog die 16jährige das Bein zurück. „Entschuldigung", flüsterte sie hastig, den Kopf noch immer zum Boden gesenkt. Sie war es schließlich nicht gewohnt, mit einem Mann so eng zusammen zu tanzen. Micha hob das Kinn etwas, blickte sie aufmerksam an und lächelte versöhnlich. Melissa fing dieses Lächeln mit einem scheuen Blick ihrerseits ein und schaute sich fragend um. Gina winkte ihr aufgeregt aus der Ferne zu und schien, das Treiben amüsiert zu verfolgen.

Ja, freue du dich nur, das besprechen wir noch, mein Fräulein, dachte sich Liss. Nachdenklich schaute sie nun zu ihrem Tanzpartner. Wie alt mochte dieser Michael sein? Zumindest älter als sie vielleicht so um die Zwanzig. Er konnte auf jeden Fall gut tanzen, dass musste sie ihm zugestehen. Der Song verklang. Michael suchte Melissas Blick. „Komm, wir gehen zu den anderen!", meinte er und bahnte ihr den Weg. Zögerlich begleitete sie ihn. „Wie war noch einmal dein Name?" Michael wollte sie den beiden schließlich vorstellen. Die junge Frau haderte kurz mit sich: „Wie würdest du mich denn nennen?", fragte sie mit unsicherer Stimme und merklich nervös begann sie, an ihrer Kleidung herumzuzerren. Schließlich würde sie dem unbekannten Schönling gleich gegenüberstehen. Die Gedanken kreisten in ihrem Kopf: Er kann und wird keinen guten Charakter haben. Wunder, wer er ist, wird er denken und sich ihr gegenüber so verhalten, davon war sie überzeugt. Sie erschrak ein wenig und trat einen Schritt zurück, als eine Stimme sagte: „Da seid ihr ja endlich. Wir dachten schon, ihr würdet euch auf der Tanzfläche verschlingen." Dieser Klang ging ihr durch und durch. Es war eine tiefe und sehr männliche Stimme, die ihren Puls in Raserei versetzte. Liss hatte das Gefühl, ihr Gesicht glühte in allen Farben. Doch sie wollte sich nichts anmerken lassen. Nur keinen Blickkontakt aufnehmen. Sie murmelte vor sich hin: „Manchen bekommt das Denken nicht, dazu müssten sie ihr erbsengroßes Gehirn anstrengen." Schließlich war sie nicht auf den Mund gefallen und auf Anspielungen reagierte sie schlagfertig. Die Situation war angespannt. Für einen Moment sagte keiner ein Wort. „Ich hole dann mal Bier, hilfst du mir, Sven?", wandte sich Michael an den etwas stämmigen Blondschopf neben ihm und hob die Augenbrauen. Ohne auf eine Antwort zu warten, zog er ihn mit sich fort. Da war sie nun, allein mit diesem aufregenden Typ. Sekunden wurden zur Ewigkeit. Sie hob keck das Kinn und wandte sich direkt an ihr Gegenüber: „Und, was denkst du?", brach sie damit das Schweigen. Jayden, so war der Name des jungen Mannes, stellte sich breitbeinig hin, lächelte süffisant und meinte dann: „Was ich jetzt denke, Baby, da kommst du nie drauf!" Melissa legte verärgert über so viel vermeintliche Arroganz die Stirn in Falten und reagierte prompt mit klarer Stimme: „Worauf ich komme, kannst du dir in deinen kühnsten Träumen nicht vorstellen!" Das klang derart zweideutig, dass Liss, erschrocken über sich selbst, nun feuerrot anlief. Sie sank leicht in sich zusammen und löste den Blickkontakt. Jayden war völlig entspannt: „Ach, Kleines, da musst du doch nicht gleich rot werden. Ich habe mich gerade gefragt, wie du wohl nackt aussiehst." Blitzschnell fuhr der Kopf des Mädchens herum, ihre Augen funkelten bedrohlich, als wollten sie sagen, bis hier her und nicht weiter. Jayden nahm es mit ihren wütenden Blicken auf und sein jetzt laszives Lächeln, konnte nur wenig zur Entspannung beitragen. Wieder herrschte diese laute Stille zwischen ihnen. Doch nun war es geschehen. Sie hatte direkt in seine tiefblauen Augen geschaut und blinzelte verwirrt. Die Anspannung war greifbar. Jayden sah sie interessiert an: „Was ist mit deinen Zähnen?", fragte er wie aus dem Nichts. Das war zu viel für die junge Frau und sie hatte Mühe, sich zu beherrschen. Mussten denn alle darauf zu sprechen kommen? „Sie sind schief!", harschte sie ihn an und schaute demonstrativ in eine andere Richtung. Jayden war geduldig. „Das sehe ich, und warum sind sie das?" Seinen Tonfall, nun sachlich, nicht spöttisch oder gar angriffslustig, wusste Liss zu schätzen und entspannte sich wieder ein wenig. Es war wirklich reines Interesse von ihm kein sich lustig machen. „Komm, wir gehen ein Stück" schlug Jayden ihr vor, als er merkte, wie sie diese Frage beschäftigte. Sein Blick zeigte in Richtung Wald. Melissa ging vor ihm zum Birkenwäldchen. „Und die anderen?", fragte sie. Jayden meinte lässig: „Die kommen prima ohne uns klar." Als er sich von hinten näherte und seine Hand ihre Schulter berührte, zuckte Liss merklich zusammen: „Keine Angst, ich habe schon gefrühstückt", blickte er sie jetzt von der Seite an und grinste amüsiert. Sie fand momentan alles an ihm beeindruckend, nicht nur seine kräftige, sehr männliche Statur, vor allem seine tiefe Stimme klang wie Musik in ihren Ohren. Sie wandte den Kopf und ihre Blicke trafen sich erneut. Melissa schien, in seinen dunkelblauen Augen zu versinken. „Du hast wirklich wunderschöne Augen" hörte sie sich sagen. Jayden schien genervt. Er war es leid auf sein

Äußeres reduziert zu werden und entgegnete, ohne den Blick abzuwenden: „Ich wünschte, ich könnte das auch sagen." Melissa trafen diese Worte. Weshalb verhielt er sich so feindselig? Er sah ihr tief in die Augen. Es war, als würde er direkt in ihre Seele schauen, bevor sein Blick an ihrem Mund hängen blieb: „Was ist nun mit deinen Zähnen?" Liss schaute sich hilfesuchend um, doch sie waren bereits im Wald und vom Festplatz einige Meter entfernt. Warm streifte sie der Sommerwind. Der Waldboden war weich unter ihren Füßen, oder waren es ihre Knie, die sie kaum noch spürte? Melissa biss sich etwas verlegen auf die Unterlippe. Schließlich brach es aus ihr heraus: „Die Zähne sind schief, schon immer, und eine Zahnspange hilft da nicht." Sie holte tief Luft: „Eine Operation machen sie nicht, weil mein Kiefer noch nicht ausgewachsen ist. Bist du jetzt zufrieden, Mister Perfekt?" Er nickte verständnisvoll: „Du kannst mich Jayden nennen, Kleines, oder Jay, so nennen mich meine Freunde." – „Für mich dann also Jayden", meinte Melissa abgeklärt. Dessen Blick wanderte nun an sich herunter. Er zog eine Schachtel aus der Hosentasche, nahm eine Zigarette und fragte: „Willst du auch eine?" Liss verdrehte empört die Augen und schüttelte energisch den Kopf. „Rauchen ist ungesund, solltest du lieber lassen", belehrte sie Jayden. Zustimmend nickte er und zog genüsslich an dem Glimmstängel. Sein maskuliner Brustkorb hob sich und senkte sich beim Ausatmen wieder: „Wie ist dein Name, Kleines? Bist du von hier?" Das waren Fragen über Fragen. Sie wusste nicht, ob sie sich über das ewige „Kleines" ärgern oder angenehm berührt sein sollte. Aus einem bestimmten Grund wollte sie ihm ihren richtigen Namen verschweigen. Schnell dachte sie sich einen anderen Namen aus: „Ich heiße Sabrina, und nein, ich bin hier Gast", log sie ihn an.

Erinnerung

Meinen Namen
du konntest ihn nicht vergessen
denn ich sagte ihn dir nicht
Ich wollte
dass du dich an die Liebe erinnerst
und nicht an mich

„Sabrina, ein wirklich schöner Name für ein nettes Mädchen", sagte er mit seiner angenehmen Stimme. Melissa kniff die Augen leicht zusammen und betrachtete ihn argwöhnisch. War das jetzt ein ehrliches Kompliment? Jaydens Blick wurde nachdenklich: „Du siehst aus, wie meine Oma." Liss rang erschrocken und entsetzt um Atem. Er sah es und meinte beschwichtigend: „Was denn? Ich mag meine Oma." Melissa legte das Kinn schräg: „Findest du deine Oma attraktiv, ja?!", fragte die 16jährige ihn. Er zuckte mit den Schultern und pustete einen Schwall Zigarettenqualm direkt in ihr Gesicht. Sie hustete und fuchtelte wild mit den Händen vor ihrer Nase herum. „Musst du das machen, du Idiot, wie alt bist du eigentlich? Zwölf?" Jayden antwortete: „Nein, ich bin gerade Zwanzig, Kleines." Liss winkte ab und drehte den Kopf in die entgegengesetzte Richtung. Durch das grüne Blätterdach schimmerten vereinzelt Sonnenstrahlen auf den sandigen Untergrund. Wie schön es hier war, ist ihr früher so direkt nicht aufgefallen. Schon als Kind war sie viel und gern in der Heide und im Wald unterwegs, sei es zum Schlitten fahren im Winter oder zum Pilze suchen im Herbst oder einfach zu Spaziergängen. Der Sommer hatte natürlich seinen besonderen Reiz. An lauen Abenden wie diesen hatte sie als Kind manchmal den Jäger auf dessen Hochsitz begleitet, um die Tiere zu beobachten. Heute ließen sich keine blicken.

Wie auch, wenn die Zwei sich so eifrig und lautstark unterhielten. Als könne er Gedanken lesen, schwieg Jayden jetzt und sie gingen nebeneinander her den schmalen Waldweg entlang. Lila Heidekraut säumte den Wegrand und breitete sich außerhalb des Waldes zu einem prächtig anzusehenden Teppich aus. Liss liebte diese Pflanzen, die zu dieser Jahreszeit in der Blüte standen. „Ist das nicht wunderschön?", fragte sie schwärmerisch und ging weiter. „Hmhm, wirklich reizend", bestätigte Jayden und sah sie von der Seite an. Die beiden waren an dem Waldsee angekommen und die Musik war nicht mehr zu vernehmen. Das Wasser glitzerte in der Sonne und der Wind rauschte in den Bäumen. Ein wirklich idyllisches Plätzchen.

Sie suchen uns sicher schon, kam Melissa plötzlich in den Sinn. Doch sie wollte den Moment genießen und noch nicht zum Fest zurückkehren. Melissa fühlte sich das erste Mal als

Frau wahrgenommen und hatte Interesse an ihrem Gesprächspartner. Dieser hielt auf einmal inne, musterte sie von oben bis unten und gab ihr dann unmissverständlich zu verstehen, dass sie jetzt zur Sache kommen könnten. Jayden baute sich direkt vor ihr auf. „Willst du dich ausziehen, oder soll ich das machen?" Sein vielsagender Blick verriet alles. Melissas Augen weiteten sich. Sie war so verblüfft, dass ihr die Worte fehlten. Scheinbar war es für ihn normal, dass die Frauen Sex von ihm wollten. Sicher, doch daran hatte die junge Frau bisher noch keinen Gedanken verschwendet. Liss blinzelte, denn sie war den Tränen der Enttäuschung nahe. Sie hatte gerade begonnen, ihn zu mögen und das Bild, welches sie von ihm anfangs hatte, zu revidieren. „Du bist wirklich ein Vollidiot. Wenn es nur das ist, was du willst, dann gehst du jetzt besser! Ich werde ganz sicher nicht mit dir…", hier brach ihre Stimme. Wie hatte sie sich nur so in ihm täuschen können, also kein ehrliches Interesse an ihr als Person, sondern ein von vorn herein abgekartetes Spiel. Sie fühlte sich klein und schlecht. Jay suchte derweil nach einer Entschuldigung, denn die Kleine hier schien die Ausnahme von der Regel zu sein. Etwas verlegen schaute er erst zu Boden und dann wieder zu Melissa. Die Weiber, die er bisher kennengelernt hatte, wollten vielleicht kurz reden, doch im Grunde nur das Eine von ihm. Er hatte die Andeutung von vorhin völlig falsch ausgelegt. „Ist ja gut, ich will ja gar nichts von dir", ruderte er zurück. Liss dachte angespannt: Wieder so ein Satz von ihm. Natürlich wollte er nichts von der Kleinen mit den schiefen Zähnen, warum auch? Sie holte tief Luft, stemmte die Arme in die Seiten und begann, ihn wüst zu beschimpfen: „Typisch Mann, nur eines im Schädel, das hätte ich mir bei dir gleich denken können. Du Mistkerl meinst wohl, du kannst jede haben, was?!" – „Sehe ich aus, als hätte ich Probleme eine Frau zu finden?", entgegnete Jayden erbost. „Nein, du siehst aus, als hättest du Probleme, eine Frau zu halten." Er drehte sich um und ging ein paar Schritte. Liss legte nach: „Mit deiner Art Frauen gegenüber wirst du es schwer haben, die Richtige zu finden. Die nehmen doch alle Reißaus, wenn sie dich erst kennenlernen." Er blieb wie angewurzelt stehen und wandte sich ihr zu: „Wenn du nicht augenblicklich aufhörst, mich zu beleidigen, vergesse ich mich, ich warne dich!" Seine tiefblauen Augen blitzen wütend. Er hatte Mühe, die Beherrschung zu bewahren. Doch Melissa war bereits fern ab von Gut und Böse und konnte nicht länger an sich halten. All die Wut und die Enttäuschung der letzten Jahre schrie sie aus sich heraus. Die angestauten belastenden Gefühle fanden das gesuchte Ventil. „Du bist ein Schlappschwanz und ein Versager, du spuckst doch hier nur große Töne und in Wirklichkeit kannst du gar nichts", entfuhr es ihr. Er hätte einfach gehen sollen. Wie hätte er auch ahnen können, dass sein Handeln ihn später noch stärker belasten würde, als er ohnehin schon war. Jayden kämpfte mit sich. Auch in ihm drohte sich die angestaute Energie nun vollends zu entladen. All die Kindheitserinnerungen und die Anmache der Weiber auf so plumpe Weise forderten nun ihren Tribut, denn im Grunde wollte er nur als der wahrgenommen werden, der er war, ein junger Mann mit dem Bedürfnis nach Wertschätzung für sein Wesen und nicht nur für sein gutes Aussehen. Mit schnellen Schritten kam er direkt auf Liss zu, packte sie und fauchte angespannt: „Gut, wenn es das ist, was du von mir denkst, beweise ich es dir." Er warf sich mit seinem ganzen Gewicht auf sie.

Im Rausch

Einem Todesurteil gleich
warf er sie zu Boden
legte all seinen Schmerz ins Gewicht
Männerhände umschlossen zarte Brüste
federnd nur noch ihr Atem
im Rausch der Gefühle nur mit ihm

Melissa kam rücklings auf dem Boden zum Liegen. Schwer und drängend spürte sie seinen Körper. „Na, jetzt bist du wohl nicht mehr so mutig, was Kleine?" Nach kurzer Zeit der Besinnung begann Liss, ihn heftig abzuwehren. Die junge Frau presste mit Leibeskräften ihre Hände gegen seine breiten Schultern. „Nein, lass mich, bitte nicht!", hörte er Liss schluchzen. Jayden hielt inne, denn seine Rage wich der Erregung und mit weichen Händen begann er, sie einfühlsam zu streicheln. Er wusste, wie er sie berühren musste und, wo er sie berühren musste. „Du brauchst keine Angst haben, ich werde dir nicht wehtun." Melissa drehte den Kopf weg. „Schau mich an", bat er sie leise, denn sie hatte die Augen fest geschlossen. Sanft sagte er zu ihr: „Ich werde nichts tun, was du nicht auch willst." Vorsichtig blinzelnd öffnete sie ihre Augen und suchte die seinen. Liss wollte in ihnen lesen, seine Seele ergründen. Ihre warmen Lippen berührten sich zärtlich und sie war wehrlos. Er wollte sich gerade erheben, als Liss ihn mit beiden Armen fest umschlungen hielt, zu sich zog und sagte: „Bitte, geh nicht!"

Jayden lächelte und begann, sie am ganzen Körper zu berühren. Anfangs wagte sie nicht, sich zu bewegen, doch dann bog sie sich ihm sehnsuchtsvoll entgegen. Das ermutigte Jayden, weiter zu machen. Vorsichtig drang er in sie ein. Das anfängliche kurze Ziehen im Unterleib hatte sie schnell überwunden. Melissa spürte ihren Herzschlag und mit ihm das Leben in sich. Sie wollte und konnte sich ihren Gefühlen aber nicht ergeben, steuerte einem Beben entgegen, hatte jedoch Angst, ihre Kontrolle zu verlieren. „Warte, nicht!", rief sie mit heiserer Stimme, zog ihn dennoch zeitgleich immer näher zu sich. Ungläubig und zögernd schaute er sie an. Sie war bereit für ihn, dass konnte er spüren. Jayden nahm sich etwas zurück. Letztlich wollte er ihr nicht wehtun. Die zarten Knospen zeichneten sich hart von ihrer Bluse ab, die Wangen waren gerötet und ihr Atem ging schwer. Diese Sinnlichkeit brachte ihn an seine Grenzen. Sie wollte ihn und er erlag gleicher Maßen diesem Verlangen. Jayden hörte das Blut in seinen Ohren rauschen und fühlte die Anspannung, die nach Erlösung schrie. Melissa erkannte seine heftige Erregung und wurde mitgerissen. Sie schloss die Augen wieder, ließ einen erneuten Gefühlsausbruch diesmal zu und war im Himmel, schwebte zwischen weißen Wolken und sah schließlich die Sterne. Ein Schauer nach dem anderen lief ihr über den Rücken. Es war ein unglaubliches Gefühl, trotz oder gerade wegen der Heftigkeit seiner jetzigen Bewegungen. Die Leidenschaft zog beide fest in ihrem Bann. Wie Ertrinkende umklammerten sie sich.

Leidenschaft

Wenn du mein Blut zum Kochen bringst
vorher beim Streit um Worte ringst
ein Kuss von dir mich sprachlos macht
dann lieben wir uns in dieser Nacht
aus Leidenschaft

War es noch Tag oder bereits dunkel geworden. Die junge Frau hatte komplett die Orientierung verloren. Ungläubig blickte sie sich um. „Na, wieder auf der Erde?" Jayden hatte sich schon Sorgen gemacht, ob es ihr auch gut geht. Sie schien für den Moment weggetreten gewesen zu sein. Liss schüttelte kurz den Kopf und wollte aufstehen, als sich vor ihren Augen alles zu drehen begann. Jay reichte ihr die Kleidung, als sie schwach meinte: „Mir ist gar nicht gut." - „Vielleicht sollten wir zum Fest zurückgehen, damit du etwas trinken kannst." Jayden war immer noch besorgt. Melissa streifte sich ihre Sachen über und der Wind streichelte ihre geröteten Wangen. Einige Minuten später ging es ihr wieder besser. Sie nahm die Umwelt klarer und bewusster wahr, als noch vor kurzem. Das Wasser im See plätscherte und die Bäume waren stumme Zeugen ihrer Zweisamkeit. Bis dato schien die Zeit stillzustehen. Liss drehte den Kopf und sah sich vorsichtig um, und es kam ihr der Gedanke, jemand könnte etwas gesehen haben. Sie sagte: „Wir können jetzt zusammen zurückgehen." Doch Jayden setzte sich ermattet auf einen Baumstumpf, denn er wusste nicht recht, wie das hatte geschehen können, geschweige, wie er ihr das Folgende erklären sollte. Er konnte es sich selbst nicht erklären, hatte die Kontrolle verloren und suchte nun nach passenden Worten, die es wohl in dieser Situation nicht gab. Er würde sie kränken, das wusste er. Doch er wollte ihr die Wahrheit sagen, denn das war er ihr und sich schuldig.

„Sabrina", meinte er vorsichtig, „Ich muss dir etwas sagen. Ich habe eine wirklich hübsche Freundin und möchte deshalb lieber allein zurückgehen." Er sah sie fragend an: „Das verstehst du doch, nicht wahr?! Was gerade hier passiert ist, hätte nicht geschehen dürfen. Es ist nicht deine Schuld. Aber, das muss wirklich unter uns bleiben." Melissa rang um Atem, sie war wie vor den Kopf gestoßen, wollte aber Haltung bewahren. Das konnte doch alles nicht wahr sein. Was hatte sie sich nur gedacht, hatte sie soweit gedacht, nein. Sie suchte nach sicherem Stand, richtete ihre Kleidung und begann mutig und entschlossen eine Rede über Treue und wahre Liebe: „Ich finde es gut, dass du deine Freundin liebst und ihr treu sein willst. Treue ist wichtig für eine Beziehung, ohne Vertrauen hat man keine Basis, verstehst Du?" Sie fügte noch hinzu: „ Im Grunde wolltest du das ja auch gar nicht und ich habe dich provoziert. Das wird an der Liebe zu deiner Freundin nichts ändern." Ob sie die Worte für ihn oder für sich wählte, wusste sie am Ende nicht. Jayden presste die Lippen aufeinander, so gerührt war er von dem Häufchen Elend vor ihm mit einem großen Maß an Courage. Er ahnte nicht, wie sehr er sie mit den Worten „eine wirklich hübsche Freundin" getroffen hatte. Wie sie stets an sich zweifelte und wie nötig sie Anerkennung und Zuwendung brauchte. Liss fand sich noch nie besonders schön, doch gerade jetzt, empfand sie sich als furchtbar unansehnlich. Sie hatte jedoch ihren Stolz und stimmte deshalb letztlich seinem Vorschlag zu. Er würde allein zurückgehen und niemand würde etwas von ihr erfahren. Als sie zum Abschied vorsichtig seine Hand berührte, zog er diese weg und ging wortlos davon. Liss wusste nicht, wie lange sie noch so da stand, bevor auch sie in Richtung Festplatz aufbrach.

Tränenverhangen lief sie dem Blondschopf Sven direkt in die Arme. „Huch! Wo ward ihr denn so lange, wir haben euch schon überall gesucht." Sie waren noch nicht wieder auf dem Festplatz angekommen, sondern standen auf dem Weg, der aus dem Wald führte. Nichts schien mehr romantisch und schön zu sein. Melissa fühlte sich nun zwischen den weißen Birkenstämmen eingezwängt und ihr fiel das Atmen schwer. „Wir waren spazieren, nichts weiter", druckste sie, als sich jetzt auch Michael und Jayden näherten. „Was war denn so deprimierend an diesem Spaziergang?", wollte Sven genauer wissen, als dieser ihre rot geweinten Augen sah. „Die Frage kann er dir sicher beantworten", sagte Liss und ihr Blick wanderte herausfordernd zu Jayden. Michael stand jetzt neben ihr und harrte der Dinge, die da kamen. Jayden sah ihr direkt in ihre Wildkatzenaugen. Wenn Blicke töten könnten, wäre sie jetzt wohl tot umgefallen. Jayden schien vor Wut fast zu platzen, als er diese Anspielung vernahm. Sein T-Shirt hob und senkte sich unter seinem heftigen Atem. Doch er sagte nichts und starrte sie weiterhin bohrend an. Nun fasste sich Liss ein Herz und versuchte, die Situation zu entschärfen: „Dein Freund hier", sie deutete mit dem Kopf auf Jayden, „hat sich andauernd über meine Zähne lustig gemacht und schön ist was anderes. Ich bin ja Kummer in der Beziehung gewohnt, doch so direkt wurde ich bisher noch nicht darauf angesprochen." Sven hatte Mühe, an sich zu halten. Er schaute feixend zu Jayden: „Ach so, alter Schwerenöter, sag das doch gleich." Dann wandte er sich wieder Melissa zu: „So ist er, immer offen und gerade heraus. Das darfst du ihm nicht übel nehmen", wiegelte er mit einem schiefen Grinsen ab. Der Typ wurde Liss damit immer unsympathischer. Dieser schmierige Vogel, dachte sie, windet sich wie eine Schlange. Am liebsten würde sie ihm ihre Meinung um die Ohren hauen, doch sie verkniff sich jegliche Bemerkung. Ihr abschätziger Blick schien vorerst zu reichen, denn Sven wich ihm aus.

Michael schaute erst Jay und dann die junge Frau ungläubig an. Er kannte seinen besten Freund gut genug, um an Melissas Beschreibungen zu zweifeln. Doch irgendetwas war vorgefallen zwischen den beiden dort im

Wald. Soviel stand für ihn fest. „Leute, lasst es gut sein. Ihr seht doch, dass es ihr unangenehm ist", warf Jayden schließlich ein. „Ich, für meinen Teil, verabschiede mich an dieser Stelle." Er sah kurz zu Sven und nickte ihm zu. Dieser nahm die Hände aus den Hosentaschen und beide machten sich auf den Weg zum Auto. Nur Michael blieb noch, ergriff Melissas Hand und meinte: „Du kannst mir ruhig sagen, was da los war im Wald zwischen euch beiden. Ich kenne Jay seit Jahren, er würde dich nicht grundlos und so plump beleidigen." Mit gedrückter Stimme gab sie wahrheitsgemäß preis, was sie vertreten konnte: „Weißt du, ich bin erst 16, er vergleicht mich mit seiner Oma und bietet mir am Ende noch eine Zigarette an. Ich bin so enttäuscht von ihm. Erst tut er vertrauensvoll und dann ..." Micha kannte seinen Freund und dessen Einstellung aufdringlichen Frauen gegenüber. Doch diese junge Dame fiel eindeutig nicht in die Kategorie der Weiber, die Jayden sonst anmachten. Er hob den Kopf. „Darüber werde ich noch einmal mit ihm reden, versprochen", tröstete er Liss zum Abschied. Noch bevor diese etwas erwidern konnte, war Michael schon auf dem Weg zu den anderen. Von weitem sah sie die Zwei am Auto heftig diskutieren. Michael hatte seinen Freund zur Rede gestellt: „Die Kleine hat mir alles erzählt. Verdammt, Jay, sie ist erst 16 Jahre, damit noch minderjährig und du machst so etwas. Ich kann gar nicht glauben, wie du sie behandelt hast, das lässt wirklich tief blicken." Er holte bedenklich Luft: „In deiner Haut möchte ich jetzt nicht stecken." Jayden fühlte sich ertappt und dachte, sein Freund kannte die ganze Wahrheit. Dass er Liss, die sich ihm als Sabrina vorgestellt hatte, vergewaltigt hatte. Denn nichts anderes war es für ihn, sie war noch ein halbes Kind und er damit... Jayden haderte mit seinem Schicksal und dachte über sich:

Geschändet

Du bist eine armselige Gestalt
du stehst auf psychische Gewalt
du hast am Kinde dich vergriffen
hast du denn gar kein Gewissen
dich an der Unschuld zu vergehen
wie soll ein Mensch das verstehen
deine Hand gewaltsam streichelt
sich so das Unrecht hier abzeichnet
hast du als Kind nicht selbst gelitten
und nun die Grenzen überschritten
doch das macht nichts ungeschehen
so darf und kann´s nicht weiter gehen
erkennst du denn das Leiden nicht
die Angst und Scham im Kindgesicht
wie sollen die Kinder friedlich ruhen
mit Zuneigung hat das nichts zu tun
verlangst von deinen Opfern schweigen
hoffentlich werden sie dich anzeigen
und so dem Graus ein End bereiten
niemand darf diese Grenze überschreiten
nicht eine Nacht sollst du ruhig schlafen
das Gesetz soll mit Härte dich bestrafen
hast du dein Leben nicht selbst verwirkt
indem du diese kindliche Seele zerstört
ich weiß, wer oder was du für mich bist
keiner vergibt, was nicht zu vergeben ist

Die Gedanken ließen ihn nicht los. Er machte sich schwere Vorwürfe und hatte Angst. Was, wenn Micha alles Kathrin, erzählte? Wie, und als was, würden ihn die anderen oder Jays Freundin dann sehen? Wie sollte er mit dieser Schuld umgehen? Seine Hand zitterte, als er sich noch eine letzte Zigarette anzündete und sein Blick war auf der Suche. Er hatte Mühe, festen Stand zu bewahren und lehnte sich gegen die Autotür des roten VW-Golfs.

Liss war längst im dichten Wald verschwunden und auf dem Weg zurück nach Hause. Auch sie versuchte auf ihre Weise, die Situation zu verarbeiten. Sie warf sich vor, ihn genötigt zu haben, etwas zu tun, was er gar nicht wollte, weil er sie ja gar nicht wirklich wollte. Melissa hatte sich im quasi präsentiert und ihn der Art provoziert, dass er nicht anders konnte, als sie zu Boden zu werfen. Es ist einfach alles aus dem Ruder gelaufen, dachte sie, um sich zu beruhigen. Keiner trägt hieran irgendwelche Schuld. Letztlich hatte sie seine Nähe gesucht und ihn nicht gehen lassen wollen. Das allerdings bereute sie in keiner Weise. Jayden hatte ihr das gegeben, wonach sie verlangte, sie zärtlich und dann leidenschaftlich geliebt. Aber er hat eine Freundin, hämmerte es in ihrem Kopf. Er war verliebt, nicht mehr frei für sie. Ihre Füße fanden kaum mehr Halt auf dem losen Boden, sie lief und lief, so schnell sie konnte, nur raus aus dem Wald und weg von ihm und den Bildern im Kopf. Sie wollte nicht mehr seinen warmen Atem auf ihren Brüsten spüren und sich schon gar nicht an seine Hände, seine Augen oder seine Hingabe erinnern.

Schließlich war es ihr erstes Mal. So hatte sie es sich nicht vorzustellen gewagt. Liss glaubte an die Liebe und, dass Menschen aus diesem Grund miteinander schliefen. Es war nur Liebe, dachte sie, zumindest eine Verliebtheit ihrerseits.

Es war nur Liebe

Es ist nur Liebe -
die Erinnerungen schwer wie Blei
trägt mich durch schlaflose Nächte
hängt an meinen Lippen - dein Name
die Augen tränenleer
liege aufgewühlt und atemschwer
allein in zerwühlten Kissen
immer mit dem Wissen
es ist nur Liebe
die mich treibt in ruhelose Nächte
was ich noch wissen möchte
wann wird es weichen - dieses Gefühl
es ist zu viel für mich - dergleichen
möcht ich nicht mehr durchleben
unerfüllte Liebe - herzzerreißendes Beben

Egal, wie es dazu gekommen war, letztlich hat sie sich noch nie so wunderbar gefühlt, wie bei ihm. Sie wollte seine Berührung und das Begehren spüren, denn die Sehnsucht nach Liebe loderte tief in ihr. Doch wie stand es wohl um ihn? Hatte er sich zu ihr hingezogen gefühlt? Nein, sicher nicht, oder? Im Grunde geschah alles mehr aus der Situation heraus. Er liebte schließlich seine Freundin. Dieser Tatsache musste Liss ins Auge sehen. Solche und ähnliche Gedanken waren nun der Nährboden für ihr Seelenleid.

Der sandige Weg führte sie durch das kleine Birkenwäldchen direkt nach Hause. Zum Glück war sie niemandem begegnet. Liss öffnete die schwere dunkelbraune Holztür des roten Klinkerbaues und ging mit leisen Schritten hinein. Ihre Eltern hatte sie den ganzen Abend über nicht gesehen. Sie würden sicher schon schlafen. Wie spät oder besser wie früh war es eigentlich?

Sie hatte vergessen, ihre Uhr mitzunehmen. Zumindest war es dunkel und die Sterne funkelten wohlwissend am Himmel. Der Vollmond leuchtete ihr direkt in die Augen.

Melissa war am Ende ihrer Kräfte und schlich ins Bad, um ausgiebig zu duschen, putzte sich die Zähne und ging dann in ihr Zimmer. Im Kopf kreisten die Gedanken um Jayden. Er hatte sich mit dem Auto bestimmt schon weit von ihr entfernt. Woher kam er eigentlich? Was wusste sie denn über ihn, außer seinen Vornamen? Und was, ihr stockte der Atem, was, wenn sie nun schwanger war? Liss war doch selbst noch kaum erwachsen und konnte unmöglich jetzt ein Kind zur Welt bringen. Nein, diese Angst schob sie weit von sich. Melissa Lindemann, jetzt reiß dich aber zusammen! Es hätte einfach nicht passieren dürfen. Du warst darauf nicht vorbereitet.

In dieser Nacht fand sie lange keinen Schlaf. Sie wälzte sich unruhig hin und her. Immer wieder stiegen die Gefühle in ihr auf, und sie trug Gedankenberge ab. Letztlich war Jayden nun verschwunden. Raus aus ihrem Leben, wenn auch nicht aus ihrer Erinnerung und ihrem Herzen. Sie würde ihn sicher bald vergessen haben und die ganze Angelegenheit sehen, als eine Erfahrung im Leben. Das redete sie sich so fest ein, dass sie es am Ende glaubte. Liss verdrängte das Erlebte tief in ihrem Innern und ahnte nicht, was später geschehen und dieses Verschweigen mit ihr und ihrer Psyche anstellten würde.

Lautes Schweigen

Mein Mund wird´s verschweigen
hab ich dir einst versprochen
die Seele schreit vor lauter Schmerz
hab´s Versprechen nicht gebrochen
ach, schweige still, du dummes Herz

Zu niemandem ein Wort von uns
so bleibt verborgen, was geschehen
Verdrängen heißt wohl hier die Kunst
der Schmerz in mir will nicht vergehen
wo Gedanken Wahrheit schier verdrehen

Am Ende werd ich´s selber glauben
im Grunde ist doch nichts, was war
es wird mir viele Stunden rauben
im Traume bist du mir so nah
bist du erdacht oder doch wahr?

Kapitel 2 – Ein Abschied

Liss fühlte sich wie gerädert. Die Nacht war wohl die längste und sogleich kürzeste in ihrem jungen Leben. Erholsamen Schlaf hatte sie nicht finden können. Sie grübelte, sehnte und erträumte sich die Zukunft. Immer und immer wieder hatte sie über Jayden nachgedacht. Was er jetzt wohl gerade macht? Ob er selig neben seiner Freundin aufgewacht ist und so tut, als sei nichts vorgefallen? Vielleicht hat er, seinem Wahrheitsdrang entsprechend, doch alles gebeichtet. Nein, das sicher nicht. Egal, vorbei ist vorbei und jetzt wird sie keinen Gedanken mehr daran verschwenden, weil ja auch nichts Bedeutendes geschehen ist. „Melli, altes Murmeltier, wie lange willst du denn noch im Bett liegen und den schönen Tag vertrödeln?", rief ihre Mutter aus der Küche. Natürlich würde sie jetzt aufstehen, irgendwann ihren Zufluchtsort verlassen müssen und ihren Eltern gegenübertreten. Ob sie mir etwas anmerken oder gar ansehen? Im Spiegel sah Liss ihre geröteten Augen. Sie hatte sich verändert, der vorherige Abend hat ihr Leben verändert. Liss dachte jetzt neu über die Liebe und das Leben nach. Früher hätte sie sich Sex ohne Liebe nicht vorstellen können und heute im Grunde auch nicht. Sie hatte Gefühle, sie hatte ja welche. Tränen stiegen ihr in die Augen und ihr Herz schien sich zusammenzuziehen. So konnte die junge Frau unmöglich zu ihren Eltern gehen. Ihrer Mutter sagen, dass sie sich mit dem Mann einer anderen Frau eingelassen hat oder ihrem Vater berichten, wie alles abgelaufen war, von einer eventuellen Schwangerschaft gar nicht zu reden. Doch irgendwann musste sie es wagen und in die Welt hinaus treten. Wie gern würde sie ihren Schmerz einfach laut herausschreien:

Gebrochenes Herz

Ich sage es mit Atem schwer
du hast mein Herz gebrochen
es schlägt, aber lebt nicht mehr
meine Seele liegt weit offen

Die Tränenflut in Strömen fließt
Gefühle schwimmen mir hinfort
die Trauer sich zum Bild ergießt
von dem noch warmen Liebeshort

Es bleiben die Enttäuschung - Schmach
ein Leben erfüllt von Einsamkeit

ich liege dösend - träumend - wach
meine Gedanken reisen durch die Zeit

Die Liebe kann das Herz zerreißen
wenn das Gefühl nicht erwidert wird
sie kann es heilen - wieder schweißen
wenn sie Herzen zueinander führt

Liss überlegte kurz. Sie könnte Gina anrufen und sich ausweinen. Doch, wem nützte das? Was sie zu ihrer nächsten Frage führte: Würde sie ihr überhaupt ein Wort glauben? Sicher, sie war ihre Freundin, doch alle Einzelheiten des vergangenen Abends konnte und wollte Melissa ihr nicht anvertrauen, keinem anvertrauen, solange sie selbst damit nicht klar kam.

Ihr blieben noch drei Wochen, bevor sie das Elternhaus, damit auch ihr Heimatdorf, verlassen und eine Ausbildung in Bersingen, einer Kleinstadt in Niedersachsen, als Tierarzthelferin, beginnen sollte. Sie hatte sich im letzten Jahr in der Kleintierpraxis um diese Stelle beworben und freute sich auf die dreijährige Ausbildungszeit. Liss hatte eine Untermietmöglichkeit bei einem netten älteren Ehepaar gefunden. Für die tägliche Rückreise nach Hause war Bersingen zu weit entfernt. Doch Liss liebte die Herausforderung und dachte gerade jetzt, dass ihr ein Ortswechsel und damit Abstand zum Erlebten gut tun. Sie betrachtete sich erneut im Spiegel. Zu diesem Zeitpunkt war für ein Kind einfach noch kein Platz in ihrem Leben. Warum hatte sie sich auch nicht schon früher die Pille verschreiben lassen?

Liss hob bedächtig den Kopf und fasste sich ans Kinn. Naja, einen Freund hatte sie nicht und deshalb war Verhütung vorerst noch kein Thema für sie. Dann strich Liss sich mit der rechten Hand über den Bauch und sah nach unten. Ein Besuch beim Arzt war unumgänglich. Darum würde sie sich als Nächstes kümmern. Sie brauchte Klarheit. „Melli, komm schon!", hörte sie den energischen Ton ihrer Mutter. Melissa zog sich ihren roten Morgenmantel über und schlürfte ins Bad. Dort konnte sie gar nicht genug von dem frischen Nass bekommen, um aus ihrer Gedankenwelt in die Realität zurückzukehren. Sie putzte sich die Zähne, kämmte ausgiebig ihr blondes langes Haar und zog sich ihre Wohlfühlsachen an. Die Jogginghose und das T-Shirt trug sie gern zu Hause. Aus der Küche kam ihr der Duft von frischem Cappuccino entgegen. Es gab für sie jetzt nichts Besseres, um munter zu werden.

„Danke Mum", begann sie die morgendliche Konversation in der Küche. „Na, junge Dame, wie war der gestrige Abend für dich?", erkundigte sich ihre Mutter. Liss versuchte, so lässig und entspannt wie möglich zu antworten: „Ach, mir hat das Fest gefallen. Es war doch gut besucht und die Stimmung war großartig." - „Ja, ich habe dich ausgelassen tanzen sehen", bestätigte die Mutter lächelnd. „Dann habe ich dich allerdings aus den Augen verloren", fügte sie leise hinzu. Sie musste ihre Tochter ja auch nicht die gesamte Zeit behüten, dachte sich die Mittvierzigerin und trank ihren Kaffee.

Schließlich war ihre Kleine nun fast erwachsen und in der Lehre auch bald auf sich gestellt. Es würde nicht leicht, sich an den Gedanken zu gewöhnen, doch sie musste ihre Tochter loslassen. Vertrauen in ihr Mädchen hatte sie. Wie sah es mit Melissa aus? Liss überlegte kurz, sich ihrer Mutter anzuvertrauen. Sicher fände sie hier Verständnis.

Vertrauen

Ich reiche dir die Hand mein Kind
weil wir so eng verbunden sind
ich spüre dich bei mir ganz nah
umarme dich - bin für dich da

Lass all den Kummer hinter dir
sprich dich aus - vertraue mir
ich kann versuchen, zu verstehen
die Welt mit deinen Augen sehen

Das was dir heute Kummer macht
was dich um den Schlaf gebracht
das Leid verteilen wir auf Zwei
halte meine Hand - ich steh dir bei

Du wirst sicher eine Lösung finden
und der Kummer wieder schwinden
ich danke dir für dein Vertrauen
du kannst immer auf mich bauen

Marion Lindemann schaute ihre Tochter von der Seite her an und lächelte. Wie ähnlich sie sich doch waren und wie schnell die Zeit vergangen ist. Zu gut konnte sie sich noch an ihre Jugend erinnern, und nun war sie selbst Mutter einer fast Erwachsenen. Sie stellte ihre Kaffeetasse ab.

Melli schien heute nicht sehr gesprächig zu sein. Also beschloss Mutter Lindemann, sich nun um den Haushalt zu kümmern. Sie wischte noch schnell den Küchentisch ab und strich ihrer Tochter sanft über die Schulter, bevor sie die Küche in Richtung Wohnzimmer verließ.

Melissa war schwer ums Herz, doch sie war dankbar, dass keine unangenehmen Fragen aufkamen.

Glücklicherweise hatte ihr Vater, ein stattlicher dunkelhaariger Mann, heute Dienst. Doch er würde am frühen Abend zu Hause sein und was, wenn *er* unliebsame Fragen stellte? Würde ihm ihre Veränderung überhaupt auffallen? Feingefühl zählte nicht gerade zu seinen Stärken. Er war eher der direkte Typ Mensch. Sein harsches und oft ungehaltenes Wesen war für Liss oft schwer zu ertragen. Ja, Olaf Lindemann, konnte jähzornig sein und war in seiner Wut oft unberechenbar.

Er hatte mehr als einmal seiner Tochter zu verstehen gegeben, dass ihre verträumte, gedankensinnende Art ihn rasend machte. Olaf sah das Leben eben praktisch, und Liss wirkte darin oft verloren.

Eigentlich hatte sich Vater Lindemann einen Sohn gewünscht und der Blumenstrauß für die frisch gebackene Mama landete damals im Papierkorb. Natürlich liebte er seine Tochter, doch die Zwei gerieten auf Grund ihrer verschiedenen Ansichten immer wieder aneinander. Melissa konnte und durfte ihrem alten Herrn auf keinen Fall die Wahrheit verraten. Er würde sie in der Luft zerreißen, dachte sie bei sich. Jayden wäre in großen Schwierigkeiten, denn Olaf war nicht nur Melissas Vater, sondern auch Polizist. Liss musste Stillschweigen bewahren, egal, was passierte. Sie trank den Cappuccino aus und ging in ihr Zimmer.

Der Tag verlief ruhig. Ihre Mutter ließ Liss gewähren. Diese versuchte unterdes, sich mit Musik und einem Buch abzulenken, was ihr nicht gelang, denn zum Lesen hatte Melissa nicht die nötige Ruhe und die Musik bekräftigte noch ihre Gefühle. Weinend lag die junge Frau auf dem Futonbett und schlief letztlich erschöpft ein.

Stunden später öffnete sie die Augen und sah Benji, ihren mittelgroßen, braun-weißen Mischlingshund vor sich.

„Wie kommst du denn hier herein?", fragte sie ihn. Ach Mum, dachte Liss schmunzelnd und ging zum Sessel vor dem Fenster. Benji schmiegte sich eng an ihre Beine. Liebevoll streichelte Melissa sein weiches Fell, während sie wieder in Schwermut versank. Sie sehnte sich so sehr nach der Liebe und jemandem, der ihr zur Seite stand. War sie denn überhaupt liebenswert? Liss spürte wieder diese Gefühle von Verlorenheit. Ihr fehlte der Halt im Leben. In ihr stiegen Wut und Verzweiflung über ihre Lage auf, als sie ihren Hund aufjaulen hörte. Liss zuckte zusammen. Sie hatte ihn wohl zu fest gedrückt, als ihre Gefühle sie übermannten. Erschrocken ließ sie ihn los. Der robuste Rüde schüttelte sich kurz, bevor er begann, Melissa die Hand zu lecken. Die junge Frau liebte diesen treuen Kerl und wollte ihm auf keinen Fall wehtun. Traurig über sich selbst, schaute sie ihren besten Freund an. „Ach, Benji, was mach ich nur? Du kannst doch nichts dafür. Du bist der Beste, glaub mir."

Als der Mischling Familie Lindemann vor Jahren bei einem Spaziergang in der Heide zulief, war es Liss, die ihn überglücklich in die Arme schloss und meinte: „Dich gebe ich nicht mehr her!" Sie hatte sich immer einen Hund gewünscht und dieser hier suchte ganz offensichtlich ein Zuhause. Seit dem waren die beiden unzertrennlich. Sie spielten und kabbelten sich im Garten, und der Rüde folgte Melissa überall hin. Sie vertraute ihm ihre Geheimnisse an, stromerte stundenlang mit ihm in der Heide umher und versorgte ihn. Wenn Vater Lindemann sich ihnen unverhofft näherte, knurrte Benji warnend. Er beschützte sein Frauchen mit seinem Leben. Wie alt der Rüde war, wusste keiner genau.

Liss starrte in die Luft. Bei dem Gedanken, auch ihn sehr bald hier zurück lassen zu müssen, erging es ihr noch schlechter als ohnehin schon. Momentan war Benji im Flur verschwunden und Liss schloss ihre Zimmertür. Draußen begann es zu regnen. Die Tropfen perlten an der Fensterscheibe ab. Melissa lauschte dem alten Song aus 1985, den sie gerade im Radio spielten: „Zeit die nie vergeht". Sie setzte sich an den Schreibtisch und stützte den Kopf auf die Hände. Der Song hatte einen wunderbaren Text, der genau ihren jetzigen Gefühlen Ausdruck verlieh. Wenn das nicht Schicksal ist? , dachte sie. Wieder stiegen ihr die Tränen in die Augen. Sie stand auf, fühlte sich verlassen und allein auf der Welt und sah dem Regen zu.

Einen Hauch nur

Tränen laufen mir übers Gesicht
ich hauche meine Sehnsucht
an die Scheibe ins Licht

In jedem Menschen suche ich dich
wir sind uns begegnet
es gibt dich für mich

Sehnen wird vom Hoffen getragen
mein Herz ist auf der Suche
schon seit so vielen Tagen

Der Moment geht zur Neige
und ich zeichne für dich
ein Sehnsuchtsherz an die Scheibe

Denn solang mein Feuer
von innen mich wärmt
bist du von mir nur
einen Hauch weit entfernt

Beim gemeinsamen Abendessen stocherte Liss nur in der Mahlzeit herum. Sie hatte keinen Appetit. „Warum bist du denn so mäkelig? Schmeckt dir der Fisch etwa nicht?", fragte Olaf seine Tochter. Melissa zog die Schultern hoch und meinte schließlich, dass sie noch erschöpft vom Vortag sei und wenig geschlafen hätte. „Vielleicht hast du dir etwas eingefangen?", mutmaßte der Endvierziger weiter. Liss hob erschrocken den Kopf und schaute ihm direkt in seine dunkelbraunen Augen. „Was, nein, wie meinst du das?", stotterte sie. Beruhigend legte ihre Mutter die Hand auf die ihre. „Dein Vater, meint, ob du eine Erkältung hast,

Mädchen? Du bist heut den ganzen Tag schon so ruhig und zurückgezogen. Ist es der bevorstehende Ortswechsel?" Liss nickte, erleichtert über diesen Einwand ihrer Mutter.

„Ich freue mich zwar, aber der Abschied wird mir schwer fallen", meinte sie noch. Marion Lindemann sah zu ihrem Mann herüber. „Siehst du, unser Mädchen wird uns vermissen und wir sie auch." - „Wird auch Zeit, dass sie mal auf eigenen Füßen steht, so wie du sie immer getüttelt hast", warf Olaf seiner Frau vor. Marion räusperte sich und hielt es für besser, sich dieses Mal nicht zu verteidigen. Liss wollte nicht, dass es heute wieder im Streit endete.

Die Ehe ihrer Eltern lief im Grunde mehr schlecht als recht. Immer häufiger kam es in den letzten Jahren sogar zu handfesten Auseinandersetzungen zwischen den beiden, die zwar glimpflich ausgingen, doch sehr lautstark ausgetragen wurden. Dann beleidigte ihr Vater ihre Mutter auf schlimmste Art und Weise, und Marion begann, ihren Mann mit Worten zu erniedrigen. Melissa verstand das alles nicht und zweifelte an der Liebe zwischen ihnen. Nach außen wurde natürlich das Bild einer perfekten Familie gewahrt. „Streitet euch doch nicht schon wieder meinetwegen. Ich werde schon klarkommen", erklärte Liss ihrem Vater. Der schnaubte verächtlich und aß dann hastig weiter. Hatte er denn gar kein Vertrauen in seine Tochter? Wenn die Erziehung hier fehlschlug, dann war das wohl auch seine Schuld. Er maßregelte die junge Frau, wo er nur konnte und hatte ständig etwas auszusetzen. Scheinbar konnte sie ihm kaum etwas recht machen. Wie sollte sie da Selbstbewusstsein entwickeln? Er schien ihr nichts zuzutrauen, schon gar nicht, dass sein Mädchen allein in der Welt zurechtkommt. Doch Liss würde es ihm und sich beweisen, soviel stand fest. Sie litt unter der angespannten Situation im Elternhaus. So wollte sie später einmal keine

Ehe führen und Kinder großziehen. Als es früher wieder einmal derart zwischen den Eltern eskalierte, lief Liss weinend in ihr Zimmer und schloss sich dort ein. Am nächsten Tag fragte Melissa ihre Mutter, warum sie sich nicht trennte, wenn sie sich doch nur noch stritten. Marion wurde ganz kleinlaut und suchte nach einer Erklärung. „Früher war er anders. Ich mache das doch alles auch deinetwegen mit Melli. Hier ist dein Elternhaus und das will ich dir nicht nehmen. Wo sollen wir denn auch hin?", stellte sie die Frage in den Raum. Liss war entsetzt und dachte: Das kann doch nicht wahr sein, *meinetwegen*. Jetzt bin ich auch noch Schuld an ihrem Unglück. Sie versuchte, Verständnis für das zögerliche Verhalten ihrer Mutter aufzubringen und sich selbst zu beruhigen. Was wollte ihre Mutter ihr wohl sagen?

Die Entscheidung

Mein liebes Kind, ich bitte dich,
mach nicht die Fehler, so wie ich
ertragen ist nicht ritterlich
bittere Tränen weinte ich

Was ich auch tat,
ich tat´s für dich
nahm vieles hin,
kämpfte nicht für mich,
andere Zeiten sicherlich,
Jahre litt ich innerlich

Was du auch tust, entscheide dich
denk nicht an mich, lebe für dich
du bist und bleibst der Stolz für mich
mein liebes Kind, ich liebe dich

Liss hatte sich auch deshalb für eine Ausbildung in der Ferne entschieden. Würde sie im Anschluss hierher ins Elternhaus zurückkehren? Was war mit ihrem Vater? Sein aggressives Naturell artete immer öfter aus. Selbst ihr gegenüber war er handgreiflich geworden. Was bewog ihn nur dazu? Er hatte sich dann nicht mehr unter Kontrolle, fand keine Worte mehr. Er hatte sie damals gepackt, gegen die Hauswand gedrückt und ins Gesicht geschlagen. Der Schlag war so heftig, dass Liss für einen Moment schwindlig wurde. Ihr Kopf schleuderte nach links und sie sah erst die Bäume am Straßenrand, dann den Himmel mit den großen weißen Wolken. Wie gern wäre sie jetzt dort. Der Gesang einer Amsel übertönte in ihren Ohren das kreischende Geschrei ihres Vaters, der hysterisch auf Melissa einredete. Sie fasste sich an die schmerzende Unterlippe und hatte Blut an den Fingern. Vorwurfsvoll sah sie ihren Vater an. Dieser befahl: „Geh dich waschen und mir aus den Augen." Scheinbar doch etwas nachdenklich, meinte er noch: „Wenn ich aufgebracht bin, dann geh doch einfach weg!" Doch, wohin sollte sie laufen? Liss fühlte sich dann vollkommen hilflos. Zu ihren Verwandten hatte sie kaum Kontakt. Sie würde auch ihre Mutter hier nicht zurücklassen wollen. Schließlich stand sie immer noch als Schutzschild zwischen den Eltern. Vielleicht wollte ihr Vater nur ihre Mutter treffen und war deshalb so streng zu ihr? Olafs Tochter konnte dafür all die Jahre keine Erklärung finden.

Tage vergingen und in der Familie Lindemann herrschte eine bedrückende Stille. Liss hatte inzwischen einen Arzttermin wahrgenommen und wusste nun sicher, dass sie *nicht* schwanger war. Der jungen Melissa fiel ein Stein vom Herzen. Nicht, dass sie keine Kinder wollte, doch der Zeitpunkt war nicht der Richtige. Sie malte sich die Situation aus: Sie allein mit einem Baby. Der Vater ihres Kindes unbekannt, eine Angst einflößende Vorstellung für die Jugendliche. Ihrer Mutter hatte sie nur gesagt, dass es wohl an der Zeit wäre, sich untersuchen zu lassen und die Pille zu nehmen. Dann war sie mit Gina zu der Gynäkologin in die Praxis gefahren. Frau Althoff, die Ärztin, war sehr nett und einfühlsam mit ihren Fragen und verschrieb eine Pille, nachdem eine Schwangerschaft ausgeschlossen werden konnte. Gina fragte sich nur, warum Mel so lange mit der Einnahme der Pille gewartet hatte. Die Freundin hatte seit Jahren starke Hormonschwankungen und ließ sich schon vor einem halben Jahr die Pille verschreiben.

Seither ging es ihr besser: „Du wirst sehen, Mel, dadurch wird alles regelmäßiger und außerdem ist die Verhütung sichergestellt, nicht wahr?", schmunzelnd buffte sie Melissa mit dem Ellenbogen in die Seite. „Irgendwann wird dein Traumprinz schon auftauchen und dann bist du bereit für ihn." Liss schenkte ihr ein müdes Lächeln. Gina hatte keine Probleme, einen Jungen anzusprechen oder kennenzulernen. Im Gegenteil, die Jungen ihres Alters scharrten sich um sie, doch sie war sehr wählerisch. Seit gut einem Jahr war sie mit Maik zusammen. Gina hatte ihn in der Disco kennengelernt. Er war ein netter unkomplizierter Kerl aus dem Nachbarort. Beide gingen Hand in Hand durchs Dorf, weil sie wussten, dass es Gerede geben würde. Maik überragte Gina um einen Kopf, hatte braunes kurzes Haar, dazu hellbraune Augen und eine kräftige Figur. Liss mochte ihn und fand, die Zwei passten prima zusammen, auch, wenn er manchmal sehr eifersüchtig war. Hin und wieder versuchten Gina oder Maik, Liss mit einem seiner Freude zu verkuppeln, ohne Erfolg.

Melissa verstand sich zwar gut mit den meisten von ihnen, doch zu wahrer Liebe gehörte für sie mehr. Sie litt unter ständigen Selbstzweifeln und konnte zu keinem

Jungen Vertrauen fassen. Außerdem stand sie auf ältere Typen. Die waren nicht mehr so albern und sahen in ihr sicher die Frau, die sie sein wollte. Vielleicht fanden sie in ihr keine Traumfrau, aber eine begehrenswerte Person. Denn davon träumte Liss, so wie sie war, ihretwillen begehrt und geliebt zu werden. Sie wollte später einmal eine Familie gründen, denn sie hatte trotz allem, den Glauben an die Ehe nicht verloren. Sie wünschte sich natürlich auch ein Kind oder besser zwei.

Am Abend vor ihrer Abreise nach Bersingen, die Sachen waren längst gepackt, lagen sich Gina und Liss in den Armen. Zusammen standen sie auf der Kopfsteinpflasterstraße vor Ginas weiß geputztem Elternhaus und es nieselte leicht. Liss tat sich schwer, sich von ihrer Freundin zu verabschieden. Sie war nicht gut im Abschied nehmen und wollte keine große Sache daraus machen, jedoch waren Gina und sie seit der Schulzeit sehr gut miteinander befreundet und ihre Freundin würde ihr fehlen.

Ginas erster Liebeskummer kam Liss jetzt in den Sinn. Sie waren damals kaum 13 Jahre alt. Gina glaubte, ihren Ehemann bereits gefunden zu haben und weinte sich die Augen aus dem Kopf, als der sich als „Frosch" herausstellte. Melissa hatte Gina dann, so gut es ging, mit Worten und Gesten zu trösten versucht. Sie war schon immer auch Kummerkasten und Seelentröster für die Mädels aus der Klasse, da sie auf Melissas Verschwiegenheit zählen konnten.

Auch Gina musste an ihre gemeinsame Schulzeit denken. So viel schöne Jahre. Was hatten sie nicht alles für Spaß?! Natürlich gab es auch traurige Momente, doch Mel stand ihr immer zur Seite. Wo ist nur die Zeit geblieben? „Du schreibst mir doch, hörst du, du musst mir alles schreiben.

Wer weiß, wo es dich hin verschlägt nach der Ausbildung?",
schluchzte Gina an der Schulter ihrer Freundin. „Du wirst
mir fehlen und ja, natürlich melde ich mich gleich bei dir." -
„Vielleicht bleibst du in der Ferne und kommst nicht zurück.
Du wolltest doch immer in dieser Stadt, in Wernigerode, in
dem schönen Rathaus heiraten, weißt du noch, dort waren
wir doch einmal auf Klassenfahrt." Liss tröstete ihre
Freundin: „Dazu brauche ich erst einmal den Richtigen. Ach,
ich vermisse dich jetzt schon", vernahm Gina die
weinerliche Stimme ihrer Freundin. Eine Zeit lang standen
die beiden noch da. Dann wünschten sie sich gegenseitig
alles Gute. „Lass es dir gut gehen Mel und vergiss nicht, wo
ich wohne!" - „Ich bin doch nicht aus der Welt, Gini, am
Wochenende komme ich doch nach Hause und wir sehen
uns, dann quatschen wir ausgiebig", versicherte Melissa
ihrer Freundin. „Ich wünsch dir alles Liebe und lass dich von
Maik nicht ärgern", fügte sie noch hinzu, bevor sie ging.
Das Nieselwetter schlug aufs Gemüt. Liss wollte gar nicht
zurück nach Hause, weil die Stimmung dort
verständlicherweise ebenso miesepetrig war. Wie gesagt,
ich bin ja nur um die Ecke, dachte sie, konnte sich aber nicht
wirklich damit trösten. Zuhause angekommen, begab sie
sich in ihr Zimmer, setzte sich in den Sessel und sah noch
etwas fern, bevor sie ins Bett fiel. Ihre Eltern würden sie am
nächsten Morgen nach Bersingen fahren und sich dort von
ihr verabschieden. Es würde ein ganz neuer
Lebensabschnitt für die junge Frau beginnen.

Kapitel 3 - Schweigepflicht

Jayden hatte sich nach hinten in den Golf gesetzt. Sven wollte unbedingt fahren und Micha saß neben ihm. Keiner sprach ein Wort, als Sven einwarf: „ Wenn ihr weiter so vor euch hin schweigt, schlafe ich am Steuer ein, Jungs. Erzählt mir lieber, worüber ihr euch gerade eben noch gestritten habt, das habe ich nicht ganz verstanden." Svens Neugierde wuchs: „ Wer hat der Kleinen was angeboten und warum heult die dann? Die hat ja echt ein Hammergebiss, was Jay?" - „Halt die Klappe und fahre!", herrschte dieser Sven an. Doch dieser gab nicht klein bei und stichelte weiter: „Sag doch mal, was da gelaufen ist, der hast du es ja echt gezeigt, Mann! Ich weiß ja, dass du immer gerade heraus bist, doch zum Heulen bringt man keine so schnell."

Michael rutschte auf dem Beifahrersitz hin und her und schließlich sagte er wütend: „Wenn du keine Ahnung hast, Alter, halt einfach dein Maul und bring uns zügig nach Hause. Die Kleine ist keine Heulsuse, dass du es nur weißt. Jay hat es einfach übertrieben mit dem, was er gemacht hat. Diesmal ist er wirklich zu weit gegangen, eine Minderjährige zu verführen." Sven lauschte überrascht Michas Worten. Er glaubte, seinen Ohren nicht zu trauen.

„Gar nichts ist passiert. Micha, glaub doch der Lügnerin kein Wort", stützte sich Jayden auf den Beifahrersitz. Er hatte große Gewissensbisse und schreckliche Angst, die Jungen würden das, was sie wussten, weitererzählen, so dass es letztlich auch Kathrin erfahren würde.

Der Motor des Golfs schnurrte wie ein Kätzchen. „Braucht dein Bruder den Wagen heute früh oder wollen wir noch einen Abstecher machen?", wollte Sven von Micha wissen. „Spinnst du, Alter, der Schlitten wird pünktlich abgeliefert. Außerdem brauche ich noch eine Mütze voll Schlaf, bevor ich wieder zur Arbeit muss." - „War ja nur so eine Idee, so oft hat man ja keinen fahrbaren Untersatz", lenkte Sven enttäuscht ein. Michael und Sven mussten auch am nächsten Tag wieder früh raus, genau wie Jayden, denn die Drei waren Arbeitskollegen.

„Holst du mich nachher wieder ab, Micha?", wandte sich Jayden an seinen Freund. Der nickte bestätigend. Sven drehte das Radio lauter und steuerte den Pkw über die Landstraße in Richtung Heimat. „Hoffentlich springt uns hier nicht noch ein Reh vor die Karre, dann kriege ich richtig Ärger mit meinem Bruder", dachte Micha laut. Sven indes lächelte vor sich hin, denn er wusste, dass Jayden in der Klemme steckte, egal, was da nun wirklich passiert war auf dem Spaziergang zwischen ihm und dem Mädchen, dessen Namen er nicht einmal kannte.

Ob Kathrin sich anhörte, was er ihr zu erzählen hatte. Er interessierte sich schon lange für sie, doch sie hatte stets nur Augen für Jayden gehabt. Wenn er die beiden entzweien könnte, hätte er vielleicht eine Chance bei ihr, dachte er hämisch. Luisa, Svens Freundin, war zwar eine ganz Nette, doch Kathrin war eine ganz andere Liga. Sven und seine Luisa, eine adrette Blondine, hatten sich auf dem Rathausfest kennengelernt. Sie war gleich begeistert von seinen flotten Sprüchen und seiner vermeintlichen Schlagfertigkeit. Sven umgarnte sie nach allen Regeln der Kunst. Noch am selben Abend hieß es, die Zwei sind ein Paar. Wo die Liebe hinfällt, mochte mancher gedacht haben.

Ganz anders lief es bei Jayden und Kathrin ab. Er spielte damals wie heute in einer Fußballmannschaft, und sie stand oft am Feldrand und feuerte die Spieler an. Ihr Interesse galt natürlich dem Kapitän der Mannschaft. Er sah nicht nur blendend aus, sondern spielte auch sehr ehrgeizig und setzte seine Spielzüge konsequent um. Jayden war manchmal einfach zu verbissen, doch dabei niemals unfair. Kathrin war ihm natürlich aufgefallen, doch er hätte sich nicht so beeindruckt von ihr gezeigt, wenn nicht fast alle Spieler verrückt nach ihr gewesen wären.

Habt ihr *die* Braut gesehen, die ist vielleicht heiß, oder, die würde ich nicht von der Bettkante schubsen, hieß es dann hinterher in der Umkleidekabine. „Leider ist sie auf Jay scharf, so wie sie ihn immer anhimmelt", ließ Carsten, auch ein Spieler, verlauten und zog sich die Fußballschuhe aus. „Der kriegt doch jede rum, doch bei der wird er sich anstrengen müssen", unkte der Nächste.

Kathrin sah aus wie ein Model. Ihre dunklen schweren Haare reichten bis zum Hintern und umschmeichelten ihre zarte Figur. Sie hatte große braune Augen in ihrem schmalen, wohlgeformten Gesicht mit dem sinnlichen Mund. Pralle weibliche Rundungen zeichneten sich an den richtigen Stellen ab. Der Traum eines jeden Mannes, könnte man sagen.

Doch das wusste sie ganz genau und setzte ihre Reize gekonnt in Szene. Sie stand zum Beispiel eines Tages am Fußballplatz bekleidet mit einem Hauch von Nichts als Bluse und einer engen schwarzen Lederhose. Die Männer bekamen allesamt Schnappatmung, aber nicht vom Spielen. „Los Jay, geh doch mal rüber zu ihr! Sonst gehe ich", hieß es von Carsten, der in Kathrins Richtung starrte. Jayden dachte sich, alle wollen dieses Mädel und würden mich um sie beneiden, die ist genau die Richtige für mich, zumal sie wirklich sehr sexy ist. Sie war genau sein Typ und fiel damit in sein Beuteschema. Die wird mich richtig auf Touren bringen, überlegte Jayden.

Er hatte noch kein Wort mit ihr geredet, was er ändern konnte und sollte. Schließlich hatte er sich schon eine Zeit lang von der Frauenwelt fern gehalten, denn er war eigentlich nicht auf der Suche. An Angeboten mangelte es ihm nicht, doch er hatte bisher kein Interesse an einer Bindung. Jay verbrachte seine freie Zeit mit seinem besten Freund Michael. Sie ließen es sich gut gehen, tranken reichlich Bier und fuhren ab und an mit ihren Motorrädern durch die Gegend. Seine Maschine, eine schwarze Honda Varadero, war Jayden Heiligstes. Er hatte lange gespart und sie dann gebraucht gekauft. Sie verkörperte für ihn Freiheit und Abenteuer. Er genoss die Ausfahrten mit der Maschine und konnte sich so entspannen.

Am Nachmittag war Fußball angesagt. Sie waren nicht nur aktiv, sondern sahen sich auch die Spiele im Fernsehen an. Nach der Arbeit trafen sich die beiden Kollegen noch zu einem Feierabendbierchen. Am Wochenende gingen sie dann zur Disco, um die Lage zu checken, wie sie es nannten. Schon dort war ihnen Kathrin aufgefallen. Sie war einfach ein Hingucker, ohne Zweifel.

Nun stand sie also dort am Spielfeldrand und strich sich verführerisch durchs Haar. Gelassen und ruhigen Schrittes ging Jayden auf sie zu. Sie tat, als wäre sie sehr am Spiel interessiert und rief lauthals: „Wann geht es denn endlich weiter, Männer? Ihr seid heute aber nicht gut in Form." Jayden sah zu Michael, der natürlich auch mit am Start war. Dieser winkte ab und nahm sich eine Flasche Mineralwasser aus seinem Rucksack und trank.

Eine leichte Brise wehte an diesem herrlichen Tag. Schäfchenwolken standen am Himmel. Weitere Zuschauer hatten sich am Platz versammelt, unter ihnen auch Luisa und Sven. Sie standen unweit von Kathrin entfernt und unterstützten die Mannschaft durch Pfiffe und Rufe: „Los Männer, weiter geht es, nur nicht nachlassen! Wieso macht ihr schon wieder Pause?" Jayden nickte in Luisas Richtung und grüßte auch Sven.

Nun stand er direkt vor Kathrin und sagte schmunzelnd zu ihr: „Na Süße, du siehst heute aber wieder besonders reizend aus. Ich hoffe, wir enttäuschen deine Erwartungen nicht." Kathrin fühlte sich geschmeichelt, zumal sie die gesamte Aufmerksamkeit der Mannschaft und von Teilen der Zuschauer hatte. „Nein, im Moment erfüllen sich gerade all meine Hoffnungen. Ich denke, man sieht sich nach dem Spiel." Ihre Stimme klang leicht anzüglich und sie bog gekonnt die Schultern nach hinten. Jay lächelte wohlwissend und meinte dann: „Heute habe ich keine Zeit, aber morgen so gegen halb acht. Wir könnten gemeinsam um die Häuser ziehen" Sie war verärgert durch diese Art Abfuhr und wollte es ihn spüren lassen. „Ach, weißt du, morgen ist ganz schlecht, da treffe ich mich mit den Mädels im „Vivaldi". Vielleicht ein andermal."

Jayden zwinkerte ihr zu und sagte betont lässig: „Gut, dann sehen wir uns dort morgen gegen acht", drehte sich um und lief wieder aufs Spielfeld.

Das „Vivaldi" war ein angesagter Club der Stadt. Die Jugend traf sich dort, um etwas zu trinken und sich zu unterhalten. Man musste früh genug da sein, um noch einen Platz auf den roten Ledersesseln vor den runden weißen Tischen oder an der Bar auf einem Hocker zu ergattern. Die Seitenwände des Raumes waren mit Größen aus Film und Fernsehen plakatiert und die restliche Fläche in einem geschmackvollen hellen Terrakottaton gestrichen. Die einzelnen Sitzgruppen wurden durch kleine weiße Trennwände abgeteilt. Die Inhaber begrüßten die Gäste noch persönlich, so fühlte man sich willkommen in einer gemütlichen Atmosphäre. Es ging natürlich auch um das Sehen und Gesehen werden. Wer hier her kam, hatte sich schick angezogen und gestylt.

An diesem Abend herrschte reges Treiben. Der Club war gut besucht und auch Kathrin hatte mit ihren Freundinnen bereits in den roten Ohrensesseln Platz genommen. Sie trug die Haare offen und ein aufregend rotes Sommerkleid zu schwarzen Hackenschuhen. Der Kellner nahm gerade die Bestellung über fünf Mixgetränke entgegen, als Kathrin ihren Blick zur Tür richtete. Sie saß zwar seitlich, doch hatte gute Sicht. Ungeduldig wartete sie auf einen besonderen Gast. Den Mädels hatte sie vorsichtshalber nichts von der Verabredung gesagt.

Sie wollte sich schließlich nicht blamieren, falls Jayden hier nicht auftauchte. Zuzutrauen wäre es ihm durchaus.

Auf der Wanduhr war es bereits kurz vor acht, als Jayden endlich zur Tür herein kam. Der trug ein schwarzes Hemd und eine dunkle Jeans. Sein schwarzes Haar war leicht zerzaust. Er blickte sich kurz um und steuerte dann direkt auf den Tisch der Mädels zu. Kathrin setzte sich kerzengerade hin.

„Hallo Mädels, wie geht's denn so? Seid ihr mir böse, wenn ich euch Kathrin für eine Zeit lang entführe?" Gekicher. „Nein, natürlich nicht", meinte eine Blondine. Wir bleiben ja noch ein Weilchen hier", versicherte sie Jayden. „Ihr könnt euch ja dann wieder zu uns gesellen." Kathrin erhob sich langsam und folgte Jayden. Er hatte nämlich zwei Sessel in der Ecke reserviert. Jayden blieb kurz stehen und ließ seine Herzdame vorbei. „Du siehst heute aber wirklich sexy aus! Das Kleid steht dir ausgezeichnet, ganz mein Geschmack", raunte er ihr ins Ohr. „Danke, das alte Ding." Er zeigte auf die Plätze in der Ecke. Sie machten es sich bequem. Jayden saß ihr jetzt gegenüber. Kathrin wieder ziemlich stark geschminkt, das Haar lag perfekt und sie lächelte ihn verführerisch an. Kathrin wusste um ihre Wirkung auf Männer und war sich sicher, dass sie auch von

Jayden die ganze Aufmerksamkeit erhielt.

„Habt ihr schon bestellt?", wollte der Kellner wissen. „Also ich nehme einen „Sex on the Beach" und ich möchte ein Bier", gaben sie die Bestellung auf. Der Kellner notierte und ging. „Was machst du eigentlich, wenn du nicht am Platz stehst und uns beim Fußball zuschaust?", wollte Jayden von Kathrin wissen. „Dann lese ich oder höre Musik. Ich bin in der Ausbildung zur Krankenschwester." Jayden stützte sein Kinn mit einer Hand und sah sie interessiert an. Sie wandte sich um zur kleinen Tanzfläche neben der Bar und fragte: „Wollen wir vielleicht tanzen?" Die Musik hatte Jayden gar nicht wahrgenommen, doch nun hörte er genauer hin. Es lief ein ruhiger Titel. „Jetzt? Ich bin aber kein guter Tänzer", entfuhr es ihm. Nach kurzem Zögern ließ er sich doch hinreißen, stand auf und ging mit Kathrin zur Tanzfläche. Dort umarmten sie einander und bewegten sich langsam zur Musik. Eng umschlungen konnten sie sich spüren. Jays Hände glitten über ihren Rücken und kamen auf ihrem Hintern zum Liegen. Kathrin schmiegte sich fester an ihn. Der Titel war verklungen, als ihre Münder sich zu wildem Zungenspiel trafen.

Plötzlich schob Kathrin ihn von sich und ohrfeigte ihn. Jayden verstand die Welt für den Moment nicht mehr, doch ihre Zügellosigkeit gefiel ihm. Er packte ihren Arm, hielt sie fest und sagte gut verständlich: „Wenn du Spielchen spielen willst, nur zu, da mache ich gern mit. Ich schlage vor, wir gehen erst einmal zu mir und vergnügen uns dort weiter." Kathrin tat erschrocken, war aber von seiner Reaktion mehr als angetan. Sie stand wieder im Mittelpunkt. Natürlich war das Paar den meisten hier aufgefallen, und die Ohrfeige sorgte bei den Gästen für Erstaunen und bei Kathrins Freundinnen für blankes Entsetzen.

„Habt ihr das gesehen, Mädels?", begann sogleich

eifriges Tuscheln. Das Mitleid für Jayden hielt sich in Grenzen. Sie hielten ihn für einen Draufgänger, der zurechtgewiesen werden musste. Kathrin und Jayden schlenderten betont langsam am Tisch der Mädels vorbei und verließen das Lokal gemeinsam. Spätestens jetzt war allen klar, die Zwei haben sich gesucht und gefunden. Seit damals galten sie als das Traumpaar im Ort.

Micha stand am Montagmorgen pünktlich vor der Eingangstür der Familie Meißner. Er legte seinen Finger auf die Klingel und ging dann zwei Schritte zurück. Jayden öffnete verschlafen, mit einem weißen Bademantel bekleidet, die Tür: „Komm kurz rein Micha, ich bin gleich fertig. Muss nur noch die Arbeitsklamotten überwerfen." Er machte eine einladende Handbewegung.

„Gut, dass du da bist, ich hätte mal wieder total verrissen." Jayden warf einen Blick auf seine Armbanduhr und lief eilig ins Bad. Michael kannte das schon. Wie oft käme sein Kollege wohl zu spät zur Arbeit, wenn er ihn nicht täglich abholen würde?

Letzte Nacht waren sie gut daheim angekommen. Sven hatte den Wagen gegen drei Uhr früh sicher heimwärts gesteuert. Der Ausflug steckte ihnen noch in den Knochen. Normalerweise feierten sie am Sonntag nicht auswärts, schon gar nicht zwei Stunden Autofahrt von hier entfernt, in der Dübener Heide beim Dorffest in Krembach, doch ein Fußballfreund hatte ihnen den Tipp gegeben. Außerdem sind sie schon einmal dort vorbei gefahren und fanden die Gegend äußerst sehenswert. Man könnte sie wohl so beschreiben:

Dübener Heide

Mit deinen lila Heidepflanzen
lädst du zum Verweilen ein
lässt Sonnenlicht in Birken tanzen
und am Wacholder mich erfreuen

Der weite Teppich breitet sich
das Heidekraut in voller Pracht
die Stille hier begeistert mich
so gehe ich auf Wanderschaft

Ich sehe Schnucken hier sich laben
ein kleiner Waldsee liegt verträumt
und Besenheide in schönsten Farben
die malerisch die Wege säumt

Doch nach diesem Ausflug hieß es heute Morgen wieder: An die Arbeit gehen. Jayden war nun fertig angezogen, streckte sich noch einmal ausgiebig und begleitete Micha zur Firma, einem großen Bauunternehmen.

Sven traf mit seinem Fahrrad ebenfalls gerade ein, als die Zwei das Firmengelände betraten. „Morgen Leute. Na, noch nicht ganz ausgeschlafen, was Jay?" rief er den beiden spöttisch zu. „Wieso geschlafen, wir haben durchgemacht, Sven, damit du es weißt!", antwortete Micha, „und du warst nicht eingeladen." Sven stieg vom Rad ab und stellte es in den Fahrradständer. Dann ging er zu den Kollegen und meinte aufmunternd: „Lasst uns hören, was es heute zu tun gibt! Der Tag ist noch jung, und wir haben viel Arbeit vor uns."

Die Drei eilten zur morgendlichen Besprechung in den Speiseraum der Firma. Der Chef, ein untersetzter, älterer Herr, namens Wolfgang Meyer, war bereits vor Ort und wollte mit der Besprechung beginnen. „Gut, dass ihr da seid, jetzt können wir anfangen, setzt euch! Heute haben wir zwei Projekte zu betreuen. Zum einen die Arbeiten am Parkplatz am Stadtgarten, da muss der Weg gepflastert werden und zum anderen die Erdarbeiten für den neuen Supermarkt in der Lindenstraße." Die Männer hörten aufmerksam zu. „Michael und Jayden fahren zum Stadtgarten. Das Material ist bereits geliefert. Sven und die anderen, ihr kümmert euch um die Erdarbeiten. Ich komme dann dort vorbei, und wir klären die Einzelheiten. Noch Fragen?" Er sah in die Runde. „Nein, na, dann an die Arbeit, Männer!"

Jayden und die Kollegen waren eigentlich ganz zufrieden mit ihrem Chef. Er war fair und zuverlässig. Die Bezahlung war gut und pünktlich auf dem Konto. Jay mochte seinen Job, auch, wenn Kathrin meinte, er könnte etwas Besseres finden. Diese hatte letzte Nacht Schicht, und er hatte sie vor der Arbeit noch nicht gesehen. Jayden wusste nicht, wie er sich ihr gegenüber verhalten sollte, ohne, dass sie ihm gleich etwas anmerkte. Kathrin war kein Kind von Traurigkeit. Doch diesen Fehltritt würde sie nicht verzeihen. Sie hatte sich gerade von ihrem Freund getrennt, bevor sie Jayden kennenlernte und hielt ihn erst einmal auf Abstand. Sie wollte mit dem Sex noch warten. Es gab Tage in der Beziehung der beiden, da wusste man nicht, ob die Zwei noch zusammen sind, so stritten sie sich. Meist ging es um Kathrins Eifersucht. Doch sie versöhnten sich nach jedem Streit letztlich wieder. Kathrin wäre enttäuscht von ihm und der Untreue. Sie würde sich in ihrer Eifersucht bestätigt fühlen. Jayden nahm sich fest vor, alles zu verschweigen, zumal es für ihre Beziehung nichts zu bedeuten hatte. Er musste nur noch dafür sorgen, dass auch seine Freunde dicht halten. Von Michaels Diskretion als seinem besten Freund ging er aus. Doch Sven, dem alten Plappermaul, musste er, zur Not unter Androhung von Schlägen, Einhalt gebieten. Vielleicht hatte Sven sich schon mit seiner Luisa unterhalten. Das sollte Jayden abklären. Gleich nach der Arbeit wollte er mit Sven ein ernstes Wörtchen reden.

Michael steuerte den blauen, alten Firmenbulli gemächlich durch die Straßen. Jayden, der neben ihm saß, sagte kein Wort, bis Micha ihn fragte: „Na, willst du Kathrin vom Ausflug erzählen?" Jay schüttelte mit dem Kopf: „Nein, Micha, hörst du, wir sagen ihr besser gar nichts, denn letztlich war ja auch nichts. Außerdem würde sie sich schrecklich aufregen, und ich will nicht, dass sie wieder Schluss macht." Micha sah den Freund von der Seite her an und meinte verärgert: „Wie konntest du nur, Alter! Was hat dich da bloß geritten, Mann?" Jayden zuckte mit den Schultern: „Ich habe einfach die Kontrolle verloren, das ist mir noch nie passiert." Er sah Michael ernst an. „Es kommt auch nicht wieder vor. Da bin ich mir sicher. Bitte Micha, sage keinem etwas davon, ja?! Ich wollte der Kleinen nicht zu nahe treten, das musst du mir glauben!"

Micha nickte: „Ich für meinen Teil werde schweigen, doch, ob Sven auch das Maul hält, davon würde ich an deiner Stelle nicht ausgehen." - „Ich weiß, darum werde ich mich als Nächstes kümmern", sagte Jayden gedankenschwer.

Dieser Arbeitstag hing sich an. Jay war ohnehin mit den Gedanken nicht ganz bei der Sache. Immer wieder musste er über sein Verhalten nachdenken. Warum ist er nur so auf die Kleine losgegangen und hatte die Kontrolle verloren, um dann letztlich Sex mit ihr zu haben? Wieder drängte sich ihm der Gedanke an eine Vergewaltigung einer Minderjährigen auf. Seine Nerven lagen blank. Er lief aufgeregt hin und her. Nichts ging ihm von der Hand. Micha merkte ihm sein Grübeln an. Gut, dass er hier jetzt mit mir zusammen arbeitet, dachte er. Ich muss wohl in der nächsten Zeit ein Auge auf ihn haben.

Zum Feierabend ging Jayden direkt auf Sven zu und bat diesen, ihn auf dem Heimweg zu begleiten, um zu reden. Sven ahnte wohl etwas und wollte nicht. Doch Jay ließ nicht locker und meinte zu seinem Arbeitskollegen: „Komm schon, wir müssen reden, es ist wichtig und muss heute noch geklärt werden."

Sven schob sein Fahrrad neben Jayden auf dem betonierten Fußweg an den Bäumen und Häusern entlang, bis sie den Pfad zwischen den hellgrauen Garagen hindurch erreichten. „Warte Sven", meinte Jay, „also, ich will, dass du zu keinem über die Sache mit der Kleinen ein Wort verlierst. Ich möchte Kathrin nicht verärgern und du weißt, wie eifersüchtig sie ist. Sie macht aus einer Mücke einen

Elefanten, zumal ja gar nichts war.

Wir haben uns verstanden, denke ich." Sven hakte nach: „Wenn nichts war, was könnte ich dann erzählen?" Jayden platzte der Kragen: „Hör gut zu, Alter, ich sage das nicht zwei Mal, du hältst dich da raus, sonst lernst du mich kennen. War das deutlich?" Sven zog den Kopf zwischen die Schultern, als hätte er die Faust bereits kommen sehen. „Schon klar, Mann, ist kann mich sowieso an nichts mehr erinnern. Ich werde Kathrin nicht darauf ansprechen und dich so in Schwierigkeiten bringen, aber dafür musst du mir auch einen Gefallen tun." Jayden sah ihn genervt an: „Spuck es schon aus, was soll ich machen?" - „Nichts Großes, ich brauche am Wochenende wieder einen fahrbaren Untersatz. Du hast doch deine Maschine fahrbereit, nicht wahr?!" - „Schlag dir das aus dem Kopf, mein Motorrad fahre nur ich." - „Na, dann frag doch Micha, ob er das Auto von seinem Bruder rausrückt. Für dich macht er das sicher möglich." Jayden könnte sich schütteln vor Abneigung in diesem Moment: „Du bist wirklich ein mieser Kerl, Sven. Du weißt, dass das Erpressung ist."

Nach einer kurzen Pause gab er dann klein bei: „Also gut, ich rede mit Micha, er ist mir noch einen Gefallen schuldig. Jetzt solltest du aber schleunigst abhauen, bevor ich es mir anders überlege."

Kathrin stand schon ungeduldig wartend vor der weißen Hoftür des hell geputzten Hauses in der Friedrichstraße, als Jayden um die Ecke bog. „Schatz, wo warst du denn so lange. Ich warte schon eine ganze Weile auf dich", rief sie ihm aufgeregt entgegen. Er schluckte den Zorn über Sven herunter und versuchte, entspannt zu lächeln. „Ich hatte noch eine kurze Unterhaltung mit den Kollegen, tut mir leid, dass du warten musstest." Er zog sie zu sich heran und küsste sie zur Begrüßung. „Lass uns keine wertvolle Zeit verschwenden, ich habe lange genug auf dich verzichten müssen", deutete Kathrin hoch zu seinem Zimmerfenster.

Sie trug Jeans und ein eng sitzendes rotes T-Shirt. Ihre schwarze Haarpracht hatte sie im Nacken zu einem Knoten zusammen gebunden. Sie sah wieder sehr sexy aus und roch so gut, dachte Jay. Er durfte jetzt nur nicht nervös werden und strich sich verlegen durch das Haar. Alles verlief zu seiner Zufriedenheit und sie gingen über den Hof ins Haus. Kathrin lief voraus die braune Holztreppe hinauf zu seinem Zimmer und warf sich aufs Bett. Da Jayden heute nicht in der Firma geduscht hatte, musste sie noch ein wenig auf ihn warten. „Beeile dich, Schatz, sonst fange ich ohne dich an" ließ sie ihn wissen und begann, sich langsam bis auf die schwarze Seidenunterwäsche auszuziehen. Jayden war klar, dass er nicht länger auf Sex mit ihr verzichten musste. Wollte er das jetzt auch?

Als sie zu ihm ins Bad wollte, war die Tür verschlossen. „Hey, was sind denn das für Sitten. Seit wann schließt du dich denn ein?" Jayden stand hinter der Tür und rief: „Bin gleich bei dir, gib mir ein paar Minuten." Er war angespannt, legte schnell seine Sache ab und stieg in die Duschkabine. Es war eine Wohltat, als das kühle Wasser über seinen Körper floss. Seine Muskeln entspannten langsam wieder. Er versuchte, an nichts zu denken, schon gar nicht an die Eine aus…? Woher kam sie eigentlich? Jay hatte kaum Information über die Kleine. Er brauchte jetzt Ablenkung. Kathrin war bereit für ihn und würde ihn auf andere Gedanken bringen. Seine Hand stemmte sich gegen die weißen Fliesen, als er sich kurz mit dem Handtuch abrieb.

Jayden fühlte sich sehr wohl in seinem Zuhause, denn er hatte es selbst ausgebaut. Jedes Detail war fein aufeinander abgestimmt. Eine grau gemusterte Bordüre durchzog den Raum. Jay hatte wirklich Geschmack bewiesen. Selbst der dunkle Steinfußboden passte stilistisch zu dem weißen geschwungenen Waschtisch mit den silbernen Armaturen. Er wagte es kaum, in den Spiegel zu sehen. Warf doch noch einen prüfenden Blick.

Schließlich verließ er das Bad in Richtung Wohnbereich ohne sich etwas überzuziehen. Als er Kathrin in der schwarzen Unterwäsche sah, regte sich der Mann in ihm und jedwedes schlechte Gewissen wurde verworfen. Er war wieder Zuhause und hatte diese scharfe Braut im Bett, was wollte er mehr. Kathrin umschlang in mit ihren langen schlanken Beinen und zog ihn zu sich. Sie hatte Lust auf ihn und ließ es ihn spüren. Sie begann, sich wild zu aalen und flüsterte ihm heiße Worte ins Ohr. Er zog ihr mit zitternden Fingern den Slip aus und drang hart in sie ein. „Nicht so schnell Schatz, warte noch!" Doch Jayden war nicht mehr aufzuhalten.

All mein Verlangen

Spitzenwäsche, gebräunte Haut,
der Atem stockt im Leibe mir
du hast dich vor mir aufgebaut
und die Erregung wächst in dir

Die Knospen deiner zarten Brust
werde ich nun sanft berühren
in mir wächst die Fleischeslust
ich lass mich von dir verführen

Spürst die Manneskraft im Schoß
die Lenden halten mich gefangen
du öffnest dich mit jedem Stoß
leidenschaftlich das Verlangen
Ich halte mich nicht mehr zurück

und dringe tiefer in dich ein
mein Blick ist der Welt entrückt
so schön kann Sex am Tage sein

Anschließend rollte er sich erschöpft auf die Seite neben Kathrin, die ihm sofort ärgerlich den Rücken zuwandte. Jayden nahm sich eine Zigarette aus dem Nachtschrank, zündete sie an und rauchte diese genüsslich. Nicht, dass es Kathrin nicht gefallen hätte, doch er könnte sich mehr auf sie einlassen, dachte sie. So hatte sie sich das jedenfalls nicht vorgestellt.

Wild – feuchte Laken

So lang hab ich von dir geträumt
jetzt - Geliebter - bist du hier
mich vor Verlangen aufgebäumt
spüre ich die Wärme tief in mir

Meine Hände halten sich
fest an deinen sexy Backen
rhythmisch spüren will ich dich
keine Sekunde länger warten

Immer wieder zieh ich dich
ganz tief und fest zu mir heran
bis erschöpft, beglückt mein Ich
wieder von dir lassen kann

Kathrin schrieb es der Wiedersehensfreude zu und wollte ihm den Alleingang noch einmal nachsehen. Sie würde schon noch auf ihre Kosten kommen. Jay war in Gedanken versunken und mit sich im Zwiespalt. War er ein Heuchler oder nicht? Er liebte Kathrin doch, schließlich waren sie das ideale Paar.

Kapitel 4 – Wenn Belastung krank macht

Die nächsten Monate schlichen dahin schwer wie Blei. Jayden wurde immer ruhiger und zog sich häufiger zurück. Er saß oft im braunen Lehnsessel in seinem Zimmer und starrte gedankenschwer aus dem Fenster. Niemand konnte oder durfte ihn dann ansprechen. Er rauchte viel zu viel und lies sich völlig gehen.

Kathrin war es leid, ständig von ihm angefahren zu werden: „Lass mich in Ruhe, ich will nichts essen!", hieß es, wenn sie ihn zum Abendbrot bat. Sie befürchtete, er würde in Depressionen versinken. Nichts konnte ihn aufmuntern oder gar verführen. Sie legte sich richtig ins Zeug, zog ein Dessous nach dem anderem aus dem Schrank, doch er war nicht interessiert. Sie hatten immer seltener Sex, und wenn, war er kurz und heftig. Was war bloß mit ihm los? Der Mann, den sie begehrte, drohte sich völlig zu verändern.

Sie war nicht für die Einsamkeit geboren. Letztlich suchte sie sich einen anderen Kerl nach ihrem Geschmack, blieb aber dennoch an Jays Seite, denn er war es, den sie eigentlich wollte. Er musste nur aus dieser Schwermut herausfinden, für die Kathrin keine Erklärung hatte, denn er sprach mit ihr nicht darüber.

Jayden erfuhr von den Eskapaden seiner Freundin. Er machte sich dafür verantwortlich, dass Kathrin nicht längst schwanger war. Jay war überzeugt, dass es an ihm liege. Er deutete Michael gegenüber sogar eines Tages die erniedrigende Erlebnisse aus seiner Kindheit an, schwieg aber über Einzelheiten. Er meinte nur beiläufig, es habe mit seiner Mutter zu tun. Sie hätte sein Bild von einer Frau geprägt. Er versuchte zwar dagegen anzukämpfen, doch ihre ständig wechselnden Partner und der zügellose Sex, zuweilen sogar vor seinen Augen, haben in ihm eine zweifelhafte Einstellung zur Sexualität reifen lassen. Mit 16 Jahren sei er dann, dass wusste sein Freund bereits, zu seiner Oma ins Haus gezogen, da dort die Dachgeschosswohnung frei wurde. Dort fand er Zuflucht, die Liebe und Zuwendung, die er so nötig brauchte.

Micha war erschüttert, solche Details aus der Vergangenheit seines besten Freundes zu erfahren. Er hatte ja all die Jahre keine Ahnung und Jay erst mit Beginn seiner Lehre in der Baufirma kennengelernt. Kathrin durfte aber von all dem nichts erfahren, dass musste Micha ihm versichern.

Jayden war an jenem Tag im Mai wieder einmal in einer tiefen Bewusstseinskrise, als er versuchte, dem Ganzen ein Ende zu bereiten. Er hatte schon am Morgen viel zu viel getrunken und tat sich selber leid. Was bin ich nur für ein Versager, dachte er über sich. Eine gewisse Sabrina kam ihm wieder in den Sinn, und die Vergangenheit ließ ihn in seinem Kopf wieder als brutalen Vergewaltiger erscheinen, als er das Fenster öffnete und auf das Dach hinauskletterte. Er schwankte stark und hatte Mühe, sich festzuhalten. Dort saß es minutenlang und erstarrte förmlich. Er spürte nicht den Wind und hörte nicht die Leute von der Straße rufen.

Micha wollte ihn zur Arbeit abholen, als er die Menschenansammlung vor dem Hause Meißner sah. Er blickte hoch zum Dach und ihm blieb fast das Herz stehen: „Jay, verdammt, was machst du denn?", rief er überrascht und erschrocken. „Bleib, wo du bist! Ich komm zu dir rauf." Jayden schien seine Umwelt gar nicht wahrzunehmen. Er hockte auf dem roten Ziegeldach und wollte gerade aufstehen, als Micha, der durch die offene Tür gestürzt und die schwere Holztreppe förmlich hinauf geflogen war, seinen Arm ergriff. „Mach keinen Unsinn, Jay, das kannst du nicht bringen. Komm ich hol dich jetzt wieder rein!" Jayden schwankte stark und wollte nicht gerettet werden. „Lass mich los, Micha, ich will und kann nicht mehr."

Doch sein Freund wich keinen Zentimeter zurück. Er umklammerte Jays Arm und dann die Schulter des scheinbar Unbelehrbaren. Schließlich gelang es Michael, Jayden zu überzeugen und ihn durch das Dachfenster zurück ins Zimmer zu hieven. Dort sanken beide völlig erschöpft auf den dunklen Dielenboden.

„Ich habe schon den Krankenwagen gerufen, Junge", hörte Jayden die zitternde Stimme seiner Oma. Die alte Frau war zu Tode erschrocken, als sie ihren Enkel auf dem Dach erblickte. Dieser wagte kaum, ihr in die Augen zu sehen, da er ihr so viel Kummer bereitete. Das hatte sie wirklich nicht verdient. Jayden liebte sie sehr. Sie hatte ein weiches Herz und war die Güte in Person. „Es tut mir so leid." Tränen stiegen ihm in die Augen und seine Stimme versagte.

Micha rief seinen Chef an und ließ sich für ein paar Tage beurlauben. Er meldete Jayden krank und Frau Meißner packte eilig ein paar Sachen für ihren Enkel zusammen. Nur Minuten später kam der Krankentransport. Felix Kleinert, der zuständige Arzt, untersuchte Jayden vor Ort und wies ihn dann in das Krankenhaus ein. Michael fuhr dem Krankenwagen nach und begleitete den Freund in die Klinik. Von dort aus informierte er auch Kathrin, die gerade Frühschicht hatte. Eilige Schritte hallten durch den langen Klinikflur. Sie lief so schnell sie konnte zur Aufnahme. Dort wurde Jay gerade eingeliefert. Doch er war nicht ansprechbar, hatte ein Beruhigungsmittel bekommen und lag regungslos auf der Trage. Kathrin nahm seine Hand und weinte. Micha stand neben einem der Pfleger und war kreidebleich. Kathrin sah hilfesuchend zu ihm hinüber. „Was ist denn bloß passiert, Micha?", wollte sie es genau wissen.

Der Arzt meinte ruhig zu den beiden: „Wir bringen den jungen Mann jetzt erst einmal in den geschützten Bereich, dort übernehmen die Kollegen. Sie können sich dann in den nächsten Tagen nach seinem Befinden erkundigen." Kathrin wusste Bescheid und nickte dem Arzt dankbar zu. Michael überreichte die Tasche und sah Jayden nach, als dieser den langen Flur der Klinik entlang geschoben wurde. Kathrin musste zurück an die Arbeit. Sie hatte Dienst auf der chirurgischen Station und konnte ihren Freund nicht begleiten. Sie hätte ihn nicht allein lassen dürfen. Wie hätte sie auch diesen Selbstmordversuch vorhersehen sollen? Jayden hatte stark abgebaut, aber, dass er so weit gehen würde, war ihr nicht klar gewesen.

Einige Tage später durfte sie ihn im offenen Bereich der Klinik besuchen. Er sah erschöpft und benommen aus. Doch hier schien er endlich die Hilfe zu bekommen, die er so dringend gebraucht hatte. Jayden saß auf seinem Bett und verzog keine Miene, als Kathrin freudig auf ihn zukam. Sie umarmte ihn und flüsterte ihm ins Ohr: „Nun wird alles wieder gut, Schatz." Den Glauben daran hatte Jayden nicht, er war noch immer müde, kraft- und antriebslos und litt unter Kopfschmerzen. Der Arzt hatte eine schwere Depression diagnostiziert und unter anderem ein Antidepressivum verordnet. In den nächsten Wochen waren Gesprächs-, Bewegungs-, Entspannungs- und Ergotherapie angesagt. Jayden fühlte sich reichlich überfordert, doch auch angekommen auf seinem Leidensweg. „Kathrin", meinte er leise, „ich muss erst einmal allein klar kommen und dazu brauche ich jetzt vor allem Ruhe. Ich melde mich, wenn ich so weit bin." Verständnisvoll blickte sie ihn an und sagte: „Mach dir keine Gedanken, ich kümmere mich um alles, bis bald, Schatz."

In den nächsten Wochen machte Jayden Fortschritte und

sein Gesamtbefinden besserte sich. Er nahm zwar an Gewicht zu, doch seine Stimmung hellte vor allem dank der Einzelgespräche mit dem Arzt und der Entspannungstherapie merklich auf.

Michael besuchte den Freund, wann immer er Zeit fand. Sie redeten dann über gemeinsame schöne Erinnerungen. Er war sogar in der Lage, Jayden zum Lachen zu bringen, so dass dieser nach zehn Wochen entlassen werden konnte. Die Antidepressiva nahm er weiterhin ein. Er fasste wieder Fuß in seinem Leben und führte die Beziehung zu Kathrin weiter.

Vorerst schien alles im Lot zu sein, bevor ihn Jahre später die Vergangenheit erneut einzuholen drohte.

Kapitel 5 – Eine überraschende Wende

Melissa hatte inzwischen ihre Lehre zur Tierarzthelferin fast abgeschlossen, kam an den Wochenenden zurück nach Krembach und half dem Schäfer bei der Arbeit mit seinen Heidschnucken. Sie verabredete sich mit ihrer Freundin Gina und die Zwei erzählten oft bis spät in die Nacht. Die Stimmung im Hause Lindemann war deutlich besser geworden, seit sie fortgegangen war. Ihre Eltern stritten sich kaum noch und schienen, wieder zueinander gefunden zu haben. Liss hatte sich in der Ferne wohlgefühlt. Sie war deutlich selbständiger und schließlich erwachsen geworden. Doch sie fühlte sich klein und elendig, als sie an einem Samstagmorgen ihre Eltern besuchte und Benji schwer atmend im Garten lag. Er bewegte sich kaum noch. Hin und wieder zuckte sein müder Körper. Liss eilte zu ihm und wollte ihn zum Aufstehen animieren. Der Rüde hob den Kopf, sah sie mit seinen treuen Augen an und sank dann erschöpft zu Boden. Liss legte ihre zitternde Hand auf seinen schwachen, alten Leib und er tat einen letzten tiefen Atemzug. Melissa wollte es nicht glauben, sie rang ebenfalls um Atem, bevor sie entsetzlich weinte. Liss rief immer wieder seinen Namen: „Du darfst nicht sterben, bitte, Benji, Benji…"

Abschied von einem Freund

Der Abend wirft sein schwarzes Tuch
über Bäume - deren Grün
noch nach sattem Leben sucht
doch es ist dahin - dahin

Dunkelheit auf deinem Blick
wo gestern noch ein Licht
wachst nicht auf - kommst nicht zurück
glauben kann ich´s nicht

Tränen schwer ruht meine Hand
auf deinem starren Leib
fassungslos irrt der Verstand
und meine Stimme schweigt

Warst ein wahrer Freund im Leben
ein Begleiter durch die Zeit
werde letztes Geleit dir geben
Verzweiflung macht sich breit

Abschied sticht mir tief ins Herz
ich will nicht von dir gehen
Erinnerung überrollt vom Schmerz
nun ohne dich zu leben

Der Abend wirft sein schwarzes Tuch
über Träume die da blühn
Spuren ich von Leben such
doch du bist dahin – dahin

Sie beerdigten den treuen Begleiter auf einem Hügel in der Heide unter einer großen Birke, nahe am Bachlauf. Dort war er oft mit Melissa unterwegs und hatte ausgelassen getobt.

Tags drauf besuchte sie den Freund am Grab und zog weinend einen Brief aus der Tasche und las ihn mit schwacher Stimme laut vor:

Verzeih
Ich hab dir wehgetan, verzeih
ich hab dir die Luft abgedrückt
dich dadurch fast erstickt
ich war verzweifelt, in Not
und hab dich geliebt
du warst mein einziger Freund
der mir noch blieb
jetzt bist du tot und ich hab versäumt
dir zu sagen:
Ich hab dir wehgetan, verzeih mir
der Kummer in mir, er galt nicht dir
du hast es gespürt, du warst ein Tier
meine Liebe zu dir lebt als Erinnerung in mir

Liss hockte noch lange dort am Grashügel und trauerte um ihren Freund. Sie hatte niemandem erzählt, was damals vorgefallen war und wollte mit diesem Brief an Benji ihren Frieden finden. „Schlaf gut, mein Freund", flüsterte sie, bevor sie den Heimweg antrat.

Die Heide stand noch in der Blüte, ein lila Teppich breitete sich weit hin sichtbar aus. Sie ging bis zum Waldsee und in der jungen Liss wurden Erinnerungen wach. Hier hatte sie sich Jayden einst hingegeben und ihr Herz verloren irgendwo im Staub. Melissa ließ ihren Gefühlen freien Lauf und konnte ihre Tränen nicht länger zurückhalten. Sie fühlte sich furchtbar allein und verlassen. Liss kniete nieder und weinte lange bitterlich. Völlig erschöpft und ausgelaugt ging sie zurück nach Hause. Am selben Abend fuhr Liss nachdenklich und tief traurig zurück nach Bersingen.

Einige Zeit später, sie hatte ihren Abschluss in der Tasche, bekam sie eine Festanstellung bei Doktor Ringert, einem Tierarzt in Bersingen. Dort arbeitete sie weitere drei Jahre, bevor dieser in Rente ging und die Praxis schloss. Liss wollte aus Kummer darüber ihren Geburtstag ausfallen lassen, denn ihr war nicht nach Feiern zumute. Gina organisierte eine Überraschungsparty, sie fand es großartig, dass Liss nun wieder heimkehrte, wie sie glaubte.

Aber Melissa hatte andere Pläne. Sie wollte sich völlig neu orientieren und noch einmal eine Ausbildung beginnen, von der sie sich eine bessere finanzielle Zukunft erhoffte. Zu diesem Zweck studierte sie die Zeitungen und fand auch tatsächlich ein Unternehmen, welches in diesem Jahr noch im September eine Ausbildung zur Kauffrau für Büromanagement anbot. Sie würde dafür nach Wernigerode, der bunten Stadt am Harz, umziehen. Bei diesem Gedanken musste Liss doch schmunzeln. Ihr fielen das Rathaus und ihre damit verbundenen Heiratsabsichten dort wieder ein, die sie einst nach einer Klassenfahrt dorthin zu Gina geäußert hatte.

Die Überraschungsparty war ein voller Erfolg. Melissa nutzte die Gelegenheit, Gina ihre Pläne zu erläutern und freute sich, einige ihrer Schulfreunde wiederzusehen.

Nach einem knappen Abschied von ihren Eltern saß Liss am Montagmorgen in dem Zug nach Wernigerode. Sie hatte von dort bereits schriftlich einen Wohnheimplatz bestätigt bekommen. Die junge Frau musste finanziell zwar kürzer treten, doch hoffte auf eine gesicherte Zukunft in ihrem neuen Beruf. Der Zug rollte in Wernigerode ein. Liss ließ ihre Sachen am Bahnhof und wollte sich die Stadt ansehen. Die Kleinstadt hatte einen ganz eigenen Charme.

Melissa schlenderte die Breite Straße entlang und bestaunte die alten Fachwerkhäuser, bis sie vor einem Haus mit Holzschnitzereien stehenblieb. Sie bewunderte mit großen Augen die Handwerkskunst, ebenso, wie es die zahlreichen Touristen es um sie herum taten.

Es war ein sonniger Septembertag und Liss ging langsam weiter in Richtung Marktplatz. Dort betrachtete die junge Frau nun auch das historische Rathaus von Wernigerode. Sie sah sich schon auf den Stufen des Rathauses im Brautkleid und hatte auch eine vage Vorstellung davon, wer neben ihr stehen könnte. Liss fühlte sich sofort wohl und willkommen hier. Sie kaufte sich im Café am Markt ein Eis und machte sich dann auf den Weg zurück zum Bahnhof, um ihr Gepäck abzuholen und mit dem Citybus zum Wohnheim am Brockenweg zu fahren.

Die Unterkunft war hell und freundlich eingerichtet. Der Empfangsbereich mit der kleinen Rezeption war lichtdurchflutet. Eine brünette Frau mittleren Alters, namens Angelika Müller, so stand es auf dem Schild an ihrer Bluse, begrüßte Liss freundlich.

„Guten Tag, junge Dame. Was kann ich denn für sie tun? Sie haben doch sicher ein Zimmer bei uns bestellt. Wie ist ihr Name?"-„Ja, ein Zimmer für die Zeit meiner Ausbildung hier. Mein Name ist Melissa Lindemann", antwortete Liss. „Ach, Frau Lindemann, willkommen bei uns. Sie wohnen in Zimmer 312. Sie können den Aufzug dort benutzen." Sie deutete auf die Fahrstuhltür seitlich der Rezeption. „Legen sie bitte kurz ab, bevor sie dann die Anmeldeformulare ausfüllen. Ich brauche ihre genaue Heimatanschrift, das Geburtsdatum, Personalausweisnummer, den Betrieb, in dem sie lernen werden und natürlich ihre Bankverbindung. Der monatliche Betrag wird ihnen dann vom Konto abgebucht. Sie sind soweit über alle Einzelheiten schriftlich informiert worden?" Frau Müller legte zu den Aufnahmeformularen noch ein Exemplar der Heimordnung. Melissa erledigte den Papierkram und verließ, den Schlüssel in der Hand, mit dem Aufzug den Empfangsbereich. Der schmale Flur war weiß gemalert und die Zimmertüren aus hellem Buchenholz. Liss öffnete Tür 312 und trat ein. Der Raum war mit beiger Raufasertapete und graublauem Teppichfußboden ausgestattet. Die Schränke waren aus Buchenholz gearbeitet und standen an der linken Wand. In der Mitte stand ein Tisch mit zwei Stühlen und rechter Hand befand sich das Bett. Sie ging durch das Zimmer, am Tisch vorbei, gerade auf die zwei großen Fenster zu, schob die Gardine zur Seite und blickte auf eine Grasfläche, die bis hin zum angrenzenden Wald verlief. Liss war zufrieden. Sie schloss die Zimmertür und begann, ihre Sachen auszupacken. Der große Kleiderschrank bot ausreichend Platz. Ich muss mir auf jeden Fall noch ein Radio mitbringen, dachte sie, dann lass ich es mir hier gut gehen. Glücklicherweise waren die Duschen nicht weit von ihrem Zimmer entfernt. Sie hatte beim Anmelden einen Plan des Gebäudes mit ausführlicher Beschreibung erhalten.

Die Zweiundzwanzigjährige schnappte sich ihre Sachen und ging in Richtung Waschraum, als ihr einige andere Lehrlinge entgegenkamen. Sie grüßte freundlich, was ebenso erwidert wurde. Liss duschte ausgiebig und wusch sich die Haare. Seit ungefähr einem Jahr trug sie Locken. Diese gaben ihrem Gesicht einen sanften Ausdruck, aber sie fand, dass sie dadurch älter wirkte. Später blätterte Melissa noch etwas im Stadtplan, um den Weg zu dem Ausbildungsbetrieb herauszufinden, bevor sie sich ins Bett legte. Dort las sie ein Buch, welches Gina ihr empfohlen hatte. Es beschrieb die Landschaft Schottlands und handelte von großen Gefühlen. Doch Liss konnte sich nicht auf die Story konzentrieren, legte das Buch wieder zur Seite und schlief zeitig ein.

Am nächsten Morgen stand sie gegen 5.00 Uhr auf, zog nach dem Waschen eine schwarze Stoffhose und die rote

Bluse an und ging zum Frühstück. Der Frühstückssaal war schon gut besucht. Die meisten Lehrlinge mussten früh raus. Melissa bediente sich am Büfett und setzte sich zu einem braunhaarigen etwa gleichaltrigen Mädchen an den Tisch. „Guten Morgen", begrüßte sie die junge Frau freundlich, diese stopfte eben noch ein Stück Brot in die Brotbüchse und war auf dem Sprung. „Schade, ich hab´s eilig, bis heut Abend dann", meinte das Mädchen im Gehen. „Ja, wir sehen uns heute Abend", rief Liss ihr nach. Sie schmierte sich ebenfalls ein paar Brote für den Tag und machte sich auch auf den Weg. Schließlich wollte sie auf gar keinen Fall am ersten Arbeitstag zu spät erscheinen.

Unsicher, aber erhobenen Hauptes, betrat die junge Frau das Firmengelände. Einige Mitarbeiter saßen auf der Bank vor dem Bürogebäude, auf das sie zuging. Kurz bevor sie die Bank erreichte, streifte sie ein Mann mit einem Fahrrad unsanft am Arm. „Oh, Entschuldigung ich bin aber auch ungeschickt heute, hörte sie den Fahrer unken. Die Stimme kam Liss bekannt vor und sie drehte sich mit einer raschen Bewegung nach links. Das konnte doch nicht wahr sein, nicht der, nicht Sven, der Blondschopf von damals auf dem Festplatz. Sven stellte sein Rad ab und sah sie genauso entgeistert an.

„Wenn das nicht die Kleine aus der Dübener Heide ist?", rief er laut zu den anderen auf der Bank. Jetzt sah Melissa auch Michael, der zwischen zwei älteren Herren saß. Er stand sofort auf, als er sie erkannte, und näherte sich ihr frontal. Sven kam auf die beiden zu, doch Micha wehrte ihn ab: „Lass Mann, ich rede zuerst mit ihr." Sven blieb abrupt stehen und beobachtete die Sache.

Liss schlug das Herz bis zum Hals. Jayden konnte ganz in der Nähe sein. „Hallo Michael, meinte sie leise." Der betrachtete sie argwöhnisch und lächelte dann ein wenig.

„Was machst du denn hier?", wollte er wissen. „Ich habe mich hier für eine Ausbildung im Büro beworben." Micha nahm nicht nur mit Freuden jedes Wort wahr, sondern auch zur Kenntnis, dass ihre Zähne nun gerade waren. Melissa hatte sie vor zwei Jahren in Hannover ziehen lassen und trug seither eine Brücke. Schüchtern lächelte sie Michael an, bevor sie sich wieder suchend umschaute. „Keine Angst", meinte er beruhigend: „Jayden ist heute nicht da, der hat Urlaub. Komm lass uns rein gehen, der Chef wartet ungern." Sven grinste, als die Zwei an ihm vorbei gingen und meinte spöttisch: „Auf Jays Gesicht morgen bin ich gespannt, wenn er *die* hier sieht."

Liss war ganz flau im Magen. Sie hatte mit allem gerechnet, nur nicht damit. Ein älterer Herr kam auf Melissa zu und begrüßte sie herzlich. „Guten Morgen, junge Dame. Mein Name ist Wolfgang Meyer. Ich bin der Inhaber des Bauunternehmens. Wir haben jetzt eine kurze Besprechung, dann stelle ich ihnen die Mitarbeiter vor. Ich freue mich, dass wir so eine nette Auszubildende kurzfristig einstellen konnten."

Er wies auf einen leeren Stuhl und begann die Unterweisung. Er endete mit den Worten: „So Männer, nun möchte ich euch unsere neue Auszubildende für das Sekretariat vorstellen. Die junge Dame kommt aus der Dübener Heide zu uns und heißt Melissa Lindemann. Seid nett zu ihr, dass mir keine Klagen kommen." Er lächelte Liss an und meinte dann zu ihr: „ Ich zeige ihnen erst einmal ihren Arbeitsplatz. Anlernen werden sie mein Kollege Schmidt und ich. Thomas, kommst du gleich ins Büro", winkt er einem etwa Mitte Dreißigjährigen zu. Wenn sie Fragen haben, wenden sie sich vertrauensvoll an den Kollegen oder natürlich an mich." Liss war sichtlich angetan von der Atmosphäre in dieser Firma. Doch, was würde morgen geschehen, wenn sie Jayden gegenübertreten musste.

Wie es ihm wohl ergangen ist in den letzten sechs Jahren, das hatte sie sich schon so oft gefragt. Sie hatte Männerbekanntschaften gehabt, doch nichts Ernstes. Es war wohl noch nicht der Richtige dabei.

Melissa versuchte, den Tag über nicht mehr an Jayden zu denken, was ihr sehr schwer fiel. Ständig schaute sie aus dem Fenster. Ihre Gefühle fuhren Achterbahn. Einmal zog sie die Jacke an und dann wieder aus. Liss nahm sich fest vor, morgen so distanziert wie irgend möglich zu sein und auf Abstand zu gehen.

Kapitel 6 – Das Wiedersehen

Am Abend traf Liss das braunhaarige Mädchen wieder. Sie stellte sich als Nancy Wilhelm vor und unterhielt sich angeregt mit Melissa. Wie sich später herausstellte, arbeitete sie in der Zweigstelle der Baufirma Meyer in Quedlinburg im zweiten Ausbildungsjahr. Sie berichtete nur Gutes von der Firma, kannte auch die Kollegen aus Wernigerode. Liss erkundigte sich extra nicht nach einzelnen Kollegen. Sie wollte sich ihr eigenes Bild machen und war froh, dass Nancy ihr hier zur Seite stand. Die junge Frau führte Liss herum und machte sie mit anderen Lehrlingen bekannt: „Hey Leute, das ist Melissa, unsere Neue." Liss fand gleich Anschluss und fühlte sich sehr wohl hier.

In der Nacht fand sie kaum Schlaf, wälzte sich hin und her, grübelte viel nach und stellte sich die Begegnung mit Jayden am nächsten Tag wieder und wieder vor. Wie würde er reagieren, sie nach Jahren wiederzusehen? Was würde er zu ihr sagen und was würde sie tun?

Müde und aufgeregt stand Melissa am Morgen vor dem Spiegel. Sie richtete ihr Haar und zog ihr schwarzes Shirt und die dunkelblaue Jeans in Form, bevor sie sich wieder auf den Weg ins Büro machte. Dort angekommen wurde sie freundlich begrüßt. Keiner machte dumme Bemerkungen oder irgendwelche Anspielungen. Selbst Sven gab ihr höflich die Hand. Von Jayden keine Spur. Sie ging in den Speiseraum und setzte sich auf einen Stuhl. Ihr folgten die anderen Kollegen, bis letztlich auch Herr Meyer den Raum betrat. Michael saß ihr gegenüber und nickte ihr zu. Wo war Jayden bloß? Sie konnte ihn nirgends entdecken. Bei der Besprechung wandte sich der Chef an Liss und sagte: „Frau Lindemann, sie fahren heute mit in unsere Zweigstelle nach

Quedlinburg, um die Örtlichkeit und die Kollegen dort kennenzulernen. Herr Meißner holt gerade den Lkw und wird sie mitnehmen."

Einige Minuten später, Herr Meyer und Melissa waren jetzt allein im Raum, nahm er die Auszubildende zur Seite und meinte väterlich: „Sie müssen sich keine Gedanken machen, Melissa, Herr Meißner ist zwar etwas schwierig, er hat ja auch viel durch, doch im Grunde ist er in Ordnung. Ich stelle sie jetzt erst einmal vor. Kommen Sie, ich glaube, er ist gerade vorgefahren."

Liss wunderte sich über diese Art der Fürsorge und folgte ihm auf den Hof hinaus. „Warten sie hier einen Moment, ich muss erst mit dem Kollegen reden", hielt Herr Meyer sie zurück. Sie stand etwa 6 Meter vom parkenden Lkw entfernt und konnte die Männer reden hören.

„Morgen, na, läuft die Maschine wieder?", fragte Herr Meyer seinen Mitarbeiter. „Ja, es war der Vergaser, sie haben ihn ausgetauscht", vernahm Liss die ihr so bekannte Stimme. Leider waren die Männer durch den Lkw verdeckt. Sie konnte Jayden nicht sehen. Herr Meyer erklärte ihm, was er jetzt zu tun hatte. „Du fährst heute mit unserer Auszubildenden nach Quedlinburg und zeigst ihr alles. Die Kollegen dort wissen Bescheid, dass ihr kommt." „Muss das sein?", murrte Jayden. „Wir wollten doch heute die Arbeiten in der Burgstraße beenden." „Das lass man meine Sorge sein", antwortete sein Chef ungehalten, als sie auf Melissa zukamen. Da war er also. In all den Jahren hatte er sich kaum verändert. Liss hob den Kopf, sah ihn direkt an und reichte ihm die Hand. Der Chef machte sie einander bekannt: „Darf ich vorstellen, Frau Lindemann - Herr Meißner, ihr Fahrer für heute." Jayden war wie vom Donner gerührt. Das durfte doch nicht wahr sein. Die Kleine von damals, war also die neue Auszubildende. Nervös stellte er sich von einem Bein auf das andere. Er gab Liss die Hand und diese durchströmte eine wohlige Wärme, bevor er sich umdrehte und wieder zum Lkw ging.

Melissa folgte ihm unaufgefordert. Herr Meyer lächelte zufrieden und ging seiner Wege. „Du kletterst auf den Anhänger und machst dort oben die Plane fest", sagte Jayden im Gehen, ohne sie anzusehen. Liss ging an ihm vorbei und blieb seitlich neben ihm stehen: „Das kann man auch freundlicher sagen, Herr Meißner." Jayden zeigte auf den Anhänger und holte tief Luft: „Schwing deinen Arsch dort hoch, wenn es nicht zu viele Umstände macht."

Melissa hob das Kinn und schaute ihn trotzig an. „Wie soll ich denn überhaupt da raufkommen?" „Du steigst einfach auf die Deichsel und dann bist du auch schon oben", reagierte Jay genervt. „Wo soll ich raufsteigen?", stellte sich Liss absichtlich dumm. Jayden sah sich um. Er spürte die neugierigen Blicke seiner Kollegen, ahnte, dass sie an den Fenstern der Baustoffhalle standen und sich eins ins Fäustchen lachten. Liss tat hilflos und meinte weiter: „Sie müssen mir das schon zeigen. Schließlich sind Sie der Facharbeiter und ich die Auszubildende. Ich kann sicher noch viel von Ihnen lernen." Sein Atem ging schwer, als er sie fragte: „Waren wir nicht schon beim *Du*? Ich bin immer noch Jayden und dein Name ist mir entfallen." Melissa blieb vollkommen ernst. „Lindemann, Sie können mich Frau Lindemann nennen." Bevor Jayden der Kragen platzen konnte, wurden sie von Michael unterbrochen: „Na, ihr Zwei, kommt ihr zurecht oder braucht ihr meine Hilfe?" Er sah den beiden ihre Gereiztheit an.

„Nicht nötig, Micha, die junge Dame wollte gerade dort oben die Plane festmachen." Liss stieg schwungvoll auf die Deichsel und kletterte in den Anhänger. Jayden blickte überrascht hinterher. Micha rempelte ihn an und meinte schließlich: „Na, ich werde dann mal, bis nachher." - „Bis dann", hörte er Melissas Stimme.

Diese hockte gerade an der Seitenwand des Anhängers und wollte die Plane befestigen, als sich Jayden ihr von hinten näherte. Sie erschrak und hätte fast die Balance verloren. „Schleichen sie sich immer so an?" Jay hockte sich neben sie und erklärte gelassen: „Ich zeige dir, wie das geht, du musst das Gummi über die Halterung hier ziehen." Liss wurde heiß und kalt. Doch sie blieb äußerlich ruhig und meinte dann: „Ach so, sehen Sie, wieder was gelernt." Gemeinsam befestigten sie die gesamte Plane und stiegen vom Anhänger. „Du kommst jetzt mit", befahl Jayden mit tiefer Stimme. „Wohin?", fragte Liss und machte große Augen. Jayden lächelte siegessicher und sagte: „Steig in den Lkw, wir wollen endlich los."

Melissa mühte sich ins Fahrerhaus und ließ sich auf den Beifahrersitz fallen. Jayden wollte gerade starten, als Liss ihn schüchtern fragte: „Kann ich das Radio anmachen?" - „Ich weiß nicht, ob du das kannst", entgegnete Jayden und fuhr los. Liss setzte sich gerade hin und starrte aus dem rechten Fenster. Die Stille war für beide erfrischend, denn so konnten sie die Lage besser bewerten. Jayden steuerte den Lkw sicher aus der Stadt, als er erleichtert meinte: „Endlich mal eine, die nicht so viel quatscht." Liss nahm es zur Kenntnis und sah weiterhin aus dem Fenster. Jay schaltete das Radio an und drehte es laut auf. Das war selbst Melissa zu viel, und sie betätigte den Lautstärkeregler, als Jayden gerade wieder zugreifen wollte. Ihre Hände berührten sich und beide zogen sie schlagartig zurück. Liss war völlig verwirrt und Jays Atem ging hörbar schneller. Der Lkw schlingerte und kam gefährlich nah an die Bäume, die die Straße säumten. Melissa rief entsetzt: „Wenn du dich umbringen willst, lass mich vorher aussteigen!" Sie fasste ins Lenkrad. Jayden schob hastig ihre Hand weg. „Bist du verrückt? Ich fahre." Der Lkw kam wieder ins Schlingern und Melissas Hand landete auf Jays rechten Oberschenkel. Auf dessen Stirn bildeten sich kleine Schweißperlen. „Die anderen Autofahrer denken bestimmt, du bist betrunken", meinte Liss und zog ihre Hand schnell wieder zu sich.

Jayden fuhr an den Straßenrand und stoppte den Lkw. Er nahm sich die Wasserflasche aus der Ablage und verließ das Fahrerhaus. Die Tür fiel krachend ins Schloss. Liss suchte und entdeckte ihn im Rückspiegel. Er stand an einer Seitenwand gelehnt und trank vom Wasser. Liss stieg aus und ging auf ihn zu. „Kann ich auch einen Schluck haben?", fragte sie höflich. Jayden gab ihr die Flasche und zündete sich eine Zigarette an: „Hör zu, Sabrina, so wird das nichts!", sagte er angespannt. Melissa schaute ihn ungläubig an. „Kanntest du eine Sabrina, und würdest du sie gern wiedersehen?" Jayden zog an der Zigarette und antwortete ihr: „Auf dem Grund des Meeres mit einem Stein an den Füßen." Liss tat nachdenklich: „Ach, sie war wohl nicht nett, was?"

Jayden musterte sie: „Was ist mit deinen Zähnen passiert?" - „Ich habe sie richten lassen", sagte sie ganz in Gedanken und hielt sich an der Wasserflasche fest. Bilder erschienen in ihrem Kopf, als sie auf Jays Hände starrte. Liss hatte beinahe vergessen, wie gut er aussah, dachte sie, als sie an ihm hoch blickte. Jayden sah sie mit einem umwerfenden Lächeln an und meinte: „Wolltest du nicht etwas trinken? Pass auf, dass du die Flasche nicht zerdrückst, Kleines!" Da war es wieder dieses Wort, was so liebevoll klang. Mein Gott, wie sehr hatte er ihr gefehlt.

Er schmiss die Zigarette weg und zog sie langsam näher zu sich heran. Ihre Lippen trafen sich zu einem sanften Kuss.

„Schön, dich zu sehen", raunte Jayden, während Melissa für den Moment sprachlos war. Sie strich sich durch das Haar: „Jetzt brauch ich doch etwas Wasser", sagte sie nach kurzer Pause und trank durstig. Jayden nahm eine kleine Schachtel aus der Jackentasche und öffnete diese. Darin waren drei weiße Tabletten. Jay sah ihre Überraschung und log sie an: „Die sind nur für den Magen." Liss nickte. Jayden nahm eine Tablette und trank den Rest vom Wasser.

„Wir sollten jetzt besser weiterfahren, die werden sich sowieso schon wundern, wo wir solange bleiben" schlug Liss vor, obwohl sie zu gern noch geblieben wäre. „Kannst du denn wieder fahren? Ich meine, geht es deinem Magen besser?" Jayden bestätigte mit einer Kopfbewegung. Sie gingen zum Fahrerhaus und stiegen ein. „Soll ich nicht lieber fahren?", fragte Liss besorgt. „Du hast doch gar keine Lkw-Fahrerlaubnis, oder doch?", sah Jayden sie verwundert an. Melissa schüttelte mit dem Kopf. „Weißt du eigentlich", fragte sie, „was Biene als Name auf Altgriechisch heißt. Ich gebe dir noch einen Tipp: Er endet auf A." Jayden schaute sie ungläubig an und schwieg. Nach etwa 15 Minuten fuhren sie in Quedlinburg auf das Firmengelände.

Dort warteten sie bereits ungeduldig auf die beiden. Jay meinte zu Melissa: „Du bist still, ich kläre das!" Herr Meyer kam auf den Lkw zugelaufen, als sie gerade ausstiegen, und rief aufgeregt: „Da seid ihr ja endlich, was ist denn passiert? Wieder der Vergaser?" Noch bevor Jayden Luft holen konnte, wandte sich Liss an den Chef: „Herrn Meißner ging es nicht gut. Wir mussten eine Pause einlegen, denn ich kann ja den Lkw nicht fahren." Wolfgang Meyer sah Jayden argwöhnisch an und fragte: „Hast du gestern etwa einen über den Durst getrunken?" Jayden sagte schnell: „Nein, es ist alles in Ordnung, wirklich." Melissa fügte wahrheitsgemäß hinzu: „Es war sein Magen, der spielte verrückt." Herr Meyer nahm das zur Kenntnis und ging wieder zu den anderen. Jayden sah Liss vorwurfsvoll an. „Kannst du nicht einmal an das halten, was wir verabredet haben?" Melissas Augen blitzten böse: „Das war keine Verabredung zwischen uns, das war ein Befehl und ich lasse mir von dir nichts befehlen, Jayden. Du bist schließlich nicht mein…" Hier stockte Melissas Stimme plötzlich. Ihr wurde bewusst, dass sie ihn gerade mit ihrem Vater verglichen hatte.

„Hey, hallo, na, wen haben wir denn da?" „Kollegen, darf ich vorstellen: Frau Lindemann, die Neue aus Wernigerode", hörte Liss Nancys Stimme, die aufgeregt zwischen den Männern hervorsprang. „Grüß Dich Jayden, na, alles in Ordnung drüben?" Nancy schüttelte erst Melissa dann Jayden die Hand und meinte zu Liss: „Komm ich führe dich herum. Geht doch klar, nicht wahr, Jayden?" Er nickte ihr kurz zu und ging dann zu den Kollegen. „Mensch Melli, ich darf dich doch so nennen?", sah Nancy sie fragend an, als Liss lächelnd meinte: „Natürlich darfst du das, jetzt zeig mir schon deinen Arbeitsplatz, du Nudel." Nancy hüpfte vor Freunde neben ihr in Richtung Bürokomplex. Nachdem sie Liss ihren Arbeitsplatz gezeigt und sie jedem vorgestellt hatte, gingen die Zwei wieder raus.

Jayden lehnte an einer Bank, war in Gedanken und rauchte. „Der ist schon süß, was? Leider in festen Händen unser Jayden und Kathrin ist auch sehr eifersüchtig. Naja, bei dem Typen kein Wunder" flüsterte Nancy Melissa zu. Gedankenversunken nickte Liss. Jayden schaute auf und fragte Nancy ganz unvermittelt: „Weißt du, was Biene als Name auf Altgriechisch heißt?" Nancy schaute ihn verdutzt an und schüttelte den Kopf, als Herr Meyer direkt auf die Drei zukam und Melissa mit festem Ton aufforderte: „Melissa, sie fahren bei mir mit." Jayden blickte verwundert zu seinem Chef. „*Melissa*?" Herr Meyer sah Jayden perplex an. „Ich meine natürlich unsere neue Kollegin Lindemann, das weißt du doch, Jayden." Liss musste sich ein Lachen verkneifen, als Jayden sich verteidigte: „Sie wurde mir noch nicht mit ihrem richtigen Namen vorgestellt, ich meine, mit ihrem Vornamen." - „Worüber habt ihr euch denn während der gesamten Fahrt hierher unterhalten, doch sicher nicht nur über die Arbeit?" Jayden meinte nur: „Ich denke, wir haben alles besprochen." Er wollte gerade zum Lkw gehen. „Nein, mein Junge, du bleibst noch hier, hilfst Andreas noch beim Bau an der Blankenburger Straße und kommst später zurück nach Wernigerode." Jayden ging, ohne ein Wort zu sagen, in Richtung Lagerhalle und verschwand aus Melissas Blickfeld. „Kommen sie, Frau Lindemann, wir wollen jetzt auch wieder zurück", deutete Herr Meyer auf den dunkelgrünen Passat-Variant. Liss stieg ein und sie brausten davon.

Gegen 16.00 Uhr verließ Melissa das Büro, um den Heimweg anzutreten. Sie war bereits einige Schritte gegangen, als Jayden plötzlich neben ihr auftauchte. „Bist du zu Fuß hier?", fragte er Liss. „Ja, ich gehe zu Fuß zurück ins Wohnheim." Jayden hielt sie am Arm fest und schüttelte den Kopf: „Nein, du kannst mit mir mitfahren. Ich bin mit dem Motorrad hier und einen Helm kannst du von Micha kriegen, der fährt nämlich bei den Kollegen im Auto mit." Liss freute sich über das Angebot und stimmte zu. Die Kollegen, unter ihnen auch Sven, hatten das Gespräch mitbekommen. Er kam auf Jayden zu und meinte: „Na, die alten Zeiten aufwärmen, was?!" Jay musste sich zurückhalten, sonst hätte er zugeschlagen. Er rempelte Sven an der Schulter an und ging dann eilig in den Umkleideraum. Liss wartete derweil beim Motorrad, was unschwer zu erkennen war, denn es war nur dieses eine da.

Melissa träumte vor sich hin und erschrak, als Jayden sie ansprach: „Ich muss erst noch tanken." Die junge Frau verstand das als Absage und meinte so gelassen wie möglich: „Ist nicht schlimm, ich kann laufen." Sie drehte sich um und ging zur Straße. Als sie ein paar Schritte gegangen war, kamen ihr die Tränen. Sie dachte: Dann eben nicht, du Blödmann, als Jayden an ihr vorbeifuhr. Sie ging schnurstracks den Fußweg an der Straße entlang. Der zog sich hin.

Kurz vor den Garagen, sie wollte gerade abbiegen, kam Jayden auf seiner Maschine angebraust und hielt direkt neben ihr.

Er holte einen Helm aus dem Seitenkoffer und reichte ihn Liss. „Komm, spring auf, ich bring dich, wohin auch immer!" Melissa war überrascht. Damit hatte sie nicht gerechnet. Doch, was er nicht wusste, er hatte ihren Stolz verletzt. „Nein, ich kann laufen, danke" meinte sie widerborstig. In diesem Moment fuhr das Auto der Arbeitskollegen, unter ihnen Sven, an den beiden vorbei. Sven hupte und johlte aus dem herunter gelassenen Fenster: „Lass das mal nicht Kathrin erfahren." Liss sah Jayden herausfordernd an. Doch dieser blieb dabei: „Hör nicht auf diesen Schwachkopf und spring endlich auf!" Liss nahm den Helm, sagte ihm den Straßennamen und stieg auf die Maschine. Jay meinte noch: „Halt dich gut an mir fest", als er bereits anfuhr. Melissa fiel fast hinten über, deshalb klammerte sie sich jetzt an Jayden. Als sie am Brockenweg ankamen, setzte Liss den Helm ab und meinte zum Abschied: „Nicht, dass du jetzt meinetwegen noch Ärger mit deiner Freundin bekommst." Jay lächelte sie unter dem Helm an, verstaute den zweiten Helm im Seitenkoffer, hob kurz die Hand und fuhr davon.

Kapitel 7 – Wie Feuer und Wasser

Am nächsten Morgen rannte Liss quer über das Gelände zu Jayden in die Lagerhalle und wollte ihn begrüßen, als der sich argwöhnisch umsah, ob sie jemand beobachtete. Melissa merkte das und meinte enttäuscht: „Ist ja gut, uns sieht schon keiner."

Er arbeitete weiter und beachtete sie nicht mehr. Wütend ging sie ins Büro. Erst in der Frühstückspause sahen sich die Zwei wieder. Er saß ihr am Tisch gegenüber, schaute aber gekonnt an ihr vorbei, was Sven nicht entging. „Na, keine gute Nacht gehabt, Jay? War Kathrin nicht zu Hause?" Jayden sah Sven drohend von der Seite an: „Im Vergleich mit dir, hatte ich sicher eine großartige Nacht, du Dummschwätzer." - „Was geht dich das überhaupt an? Musst du immer deinen Senf dazugeben, Sven?", fragte ihn Liss. „Du hältst dich da raus, mein Fräulein!", harschte sie Jayden patzig an.

Melissa hasste es, Anweisungen von ihm zu erhalten. Darauf reagierte sie allergisch: „Wohl wieder Magenschmerzen heute, was? Vielleicht wirfst du dir mal eine Pille ein oder am besten gleich die ganze Packung. Das hebt die Stimmung." Einige Kollegen lachten laut auf, bis auf Thomas, der verwundert fragte: „Jay, wie redet unsere Auszubildende denn mit dir und das lässt du dir gefallen?" Stille, alle schauten gespannt auf Jayden. Liss setzte noch eins drauf: „Vielleicht solltest du dich einmal untersuchen lassen. Ein Logopäde wäre auch angebracht, der hilft dir den Befehlston abzulegen." Großes Gelächter im Raum. Jayden wurde blass und sprang vom Stuhl auf, welcher lautstark hinter ihm auf den Boden fiel. Er stützte sich mit beiden Händen auf den Tisch und beugte sich zu Melissa herüber, bevor er ihr zu verstehen gab, dass sie gerade eine

Grenze überschritten hatte: „Wenn du meinst, so kannst du mit mir umspringen, hast du dich schwer getäuscht. Noch ein Wort, und…" - „Ja, was, dann vergisst du dich?", wollte die aufgebrachte junge Frau jetzt wissen. Michael stand ebenfalls auf und rief: „Lass gut sein, Jayden" und zu den Anwesenden meinte er ärgerlich: „Zu lachen gibt es hier überhaupt nichts." Liss schaute Micha trotzig an und ignorierte Jays Drohgebärde. Sie hatte keine Angst vor ihm, sie war Streit gewohnt und konnte damit umgehen.

Sven schien den Schuss nicht gehört zu haben. Er lachte immer noch und ließ verlauten: „Kathrin ist doch Krankenschwester, die wird ihn schon gesund pflegen." Das war zu viel. Jayden griff sich Sven und packte ihn am Kragen. Die Kollegen sahen gelassen zu. Selbst Micha tat diesmal nichts. Der hat schon lange eins aufs Maul verdient, dachte er sich, als Jayden gerade ausholte. Liss schnellte vom Stuhl auf und sprang dazwischen. Sven stolperte rückwärts gegen die Wand, dass Jayden ihn nicht mehr halten konnte. Im Schwung traf Jays Faust Liss direkt am Mund. Diese taumelte seitlich gegen einen Stuhl und hatte Mühe, auf den Beinen zu bleiben.

Thomas rief entsetzt: „Jayden hat sie geschlagen, das kann doch nicht wahr sein. Habt ihr das gesehen?" Die Männer waren derart überrascht, dass keiner mehr etwas sagte. „Das war ein Unfall", meinte Melissa kaum verständlich, da ihre Lippe bereits anschwoll.

Jayden sah sie entgeistert an. „Das wollte ich nicht, das musst du mir glauben." Er nahm ihr Gesicht zwischen die Hände und sagte: „Das muss gekühlt werden."

Micha kam bereits mit einem nassen Tuch und gab es Jayden. Dieser tupfte damit vorsichtig auf Melissas Lippe, als Herr Meyer den Raum betrat. „Kann mir mal einer sagen, was hier los ist?" Er sah zu Liss und traute seinen

Augen kaum. „Du meine Güte, Frau Lindemann, was ist denn mit ihnen passiert?" Liss gab sich Mühe, verständlich zu sprechen: „Ich bin gestolpert und mit dem Gesicht voll auf die Stuhlkante geknallt." Erschrocken sah Herr Meyer sich ihre Lippe aus der Nähe an. „Danke, Herr Meißner kümmert sich schon um mich." Melissa sah Jayden direkt in die Augen. „Was sitzt ihr hier alle noch rum? Habt ihr nichts zu tun?", wollte der Chef von seinen Männern wissen. Micha reichte Liss einen großen Löffel. „Hier, versuch´s mal damit. Der kühlt sicher besser." Herr Meyer eilte seinen Kollegen nach, bis nur noch Micha, Jayden und Liss im Raum waren. Micha wandte sich an die beiden: „Mensch, Leute, geht's noch? Die Anspannung zwischen euch ist greifbar." Micha blickte Jay an und fügte noch hinzu: „Und, wenn ich das merke, kriegen das die anderen auch mit. Ihr solltet mal Grundlegendes zwischen euch klären. Ich meine, mich geht das ja nichts an, aber so kann das nicht weitergehen." Melissa hob die Schultern. „Na, ich lass euch mal jetzt allein, ihr habt sicher etwas zu besprechen." Micha ging an die Arbeit.

„Ich werde die Ausbildung hier abbrechen", sagte Melissa ernst und faste sich an die Oberlippe. Jayden schaute sie eindringlich an und antwortete ebenso ernsthaft: „Nein, ich kündige. Du bleibst hier." Liss wehrte ab: „Das kommt ja gar nicht in Frage, wenn einer geht, dann ich. Es sei denn, wir finden doch noch einen Weg, miteinander klarzukommen." Sie schaute ihn flehend an: „Warum musst du denn auch immer gleich ausrasten. Gut, der Schlag war ausversehen, aber du bist sofort auf Hundertachtzig, wenn man dir Kontra gibt."

„Das ist eine lange Geschichte, erzähl ich dir vielleicht ein anderes Mal." Liss sah ihn an und schmunzelte. „Du bist wie der Stier, den die Fliege reizt." Jayden bestätigte seine

Gereiztheit und klagte über unruhigen Schlaf. „Jedenfalls lass ich mich nicht gern zum Affen machen." Nach einer kurzen Pause fügte er hinzu: „Du hast mich vor all meinen Kollegen lächerlich gemacht. Warum rede ich eigentlich noch mit dir?" Melissa bekräftigte noch einmal: „Ich lass mir eben ungern Befehle geben oder mich von dir anschnauzen. Ich schlage einen Waffenstillstand vor, abgemacht?" - „Also gut, ich verzeihe dir" erwiderte Jayden. Liss ging um ihn herum und blieb dann stehen: „Du verzeihst mir? *Du* verzeihst *mir*? Was ist damit, wie du mich behandelst. Ich bin nicht mehr Sechszehn, also nenn mich nicht ständig „Kleines" und behandle mich auch nicht wie ein Kleinkind, das kann ich nicht ausstehen." Jayden gelobte Besserung und versprach: „Also gut, keine Andeutungen oder Beleidigungen mehr." - „Was für Andeutungen? Ich sage nur die Wahrheit, sonst nichts" wies Liss ihn erneut zurecht. Jayden schüttelte den Kopf und gab diesmal klein bei.

Liss wurde von Thomas wegen des Vorfalles im Speiseraum nach Hause geschickt und Jay nahm sich für diesen Tag Urlaub. Er dachte über sich und Melissas Art nach:

Feuer und Wasser

Du bringst mich durcheinander
und an meine Grenzen
schleichst dich in mein Herz
wirst dich mir nicht schenken

Startest verbale Attacken
machst mich damit an
deine feurige Art ist´s
die ich nicht lassen kann

Du loderst wie Flammen
wirst zu meinem Laster
wir gehören zusammen
wie Feuer und Wasser

Ich lösche deine Brände
es bleibt fruchtbare Erde
und doch sind in dir noch
so viele lodernde Herde

Deine Glut raubt mir
jeden Funken Verstand
ich hab mich trotz Wasser
letztlich an dir verbrannt

Kapitel 8 – Eifersucht

Es war ein regnerischer Oktobertag, als Thomas seine Geburtstagsrunde schmiss. Alle waren eingeladen, Thomas hielt gerade eine kurze Rede, als sich unvermittelt ein Mann, so Mitte dreißig, neben Liss setzte. Sie hatte ihn noch nie hier gesehen und fragte sich, wer er wohl sei. Melissa schaute zu ihm hin und begrüßte ihn freundlich mit einem Kopfnicken. Die Rede wurde beendet und die Gäste verteilten sich im Raum. „Hallo Markus, na, wieder im Lande?" fragte Michael den Neuankömmling, den Liss eigentlich ganz sympathisch fand. Dieser lachte und meinte: „Ja, ich bin vor ein paar Tagen angekommen. Willst du uns nicht vorstellen?", deutete Markus auf die Fremde. „Markus, das ist Melissa Lindemann, unsere Auszubildende im Sekretariat. Liss, der Mann neben dir heißt Markus und ist ein alter Kumpel." Michael ließ die beiden allein und ging zum Büfett.

Liss unterhielt sich die ganze Zeit angeregt mit dem Kollegen. Sie gingen nach draußen, da es inzwischen nicht mehr regnete. Liss lachte und scherzte, man könnte sagen, sie flirtete mit Markus, was Jayden nicht entging. Markus stand vor Melissa, die an einem Zaun lehnte.

Er war einen Kopf größer als sie und hatte dunkelblondes leicht gewelltes Haar zu braunen Augen. Liss war merklich angetan von ihm. Sie war überrascht und verwirrt, als er sie plötzlich innig küsste. Dann verabschiedete er sich von ihr und verließ die Feier, ohne nach den anderen zu sehen. Als Melissa sich umsah, stand Jayden im Eingangsbereich und rauchte. Natürlich hatte er alles gesehen. Doch er schien völlig entspannt zu sein. Als Liss an ihm vorbei wollte, meinte er nur: „Na, war´s schön mit Markus?" Liss ignorierte das und ging hinein.

Tags darauf erhielt Melissa einen Anruf im Büro, sie möge doch einmal Herrn Langer ans Telefon holen, seine Frau wollte ihn etwas fragen wegen der Einschulung seiner Tochter. Liss kannte zwar schon fast alle hier, doch zum Teil nur beim Vornamen. Das war hier so üblich unter Kollegen. Sie fragte Thomas, wo sie einen Herrn Langer fände und er meinte schmunzelnd: „Der muss in der Lagerhalle drüben sein. Hole ihn mal ans Telefon, Melissa, und sage ihm worum es geht. Liss lief zur Lagerhalle, öffnete die schwere Tür und sagte lauthals: „Ein Herr Langer möchte bitte ans Telefon kommen, seine Frau ist dran. Es geht um die Einschulung." Markus kam hinter dem Baumaterial hervor und eilte an ihr vorbei, ohne sie anzusehen. Sie war entsetzt.

Die Kollegen in der Halle tuschelten leise und doch hörbar. Sven meinte beiläufig: „Eine Ehebrecherin also, sieh mal einer an." Melissa lief wütend und enttäuscht zurück ins Büro, was Markus gerade verlassen wollte.

Sie stellte ihn zur Rede. „Du bist so ein Mistkerl, weißt du das eigentlich. Du hast Frau und Kind zu Hause und machst mich hier an." Markus zuckte mit der Schulter und ging an ihr vorbei zur Lagerhalle, als Jayden vorfuhr.

Liss wollte ins Büro, doch Jayden war schneller und fragte: „Alles in Ordnung mit dir?" „Nein, gar nicht. Du hättest mir sagen können, dass Herr Langer verheiratet und Vater ist." Jayden sagte mit ironischem Tonfall: „Du warst so verliebt und ihr ward so ein schönes Paar, da konnte ich doch nicht dazwischenfunken, Kleines." Am liebsten hätte Liss ihn angeschrien, doch sie sah ihn nur mit erhobenem Kopf an und fragte: „Dir macht das also nichts aus?" Jayden wiegelte ab: „Warum sollte es, es ist deine Entscheidung, mit wem du dich einlässt."

Melissa hörte einen gedrückten Unterton in seiner

Stimme. Er schien doch leicht gereizt zu sein. „Ich werde dann mal wieder", versuchte sich Jayden aus der Affäre zu ziehen. Aber Liss ließ nicht locker: „Gib es zu Mister Perfekt, du bist eifersüchtig." Jayden lächelte verkrampft: „Worauf denn, es gibt nichts, was ich nicht schon…" verstummte er abrupt, als Liss ihre grünen Augen drohend zusammenkniff. Sie holte gerade zum verbalen Angriff aus, als Jayden sich umdrehte und einfach ging. Melissa war verärgert und ging ebenfalls zurück an die Arbeit, wo Thomas sie schon erwartete.

Kathrin hatte Nachtschicht und schlief den halben Tag. Als Jayden von der Arbeit kam, stand sie auf und machte Kaffee. Sie hatte miese Laune, was Jay an ihren hastigen Bewegungen und ihrer kurz angebundenen Art gleich erkannte. „Ist was?", fragte er sie, als sie dem Begrüßungskuss auswich. „Ich habe vorhin einen deiner Arbeitskollegen getroffen, der hat mir erzählt, dass ihr seit September eine junge Frau im Sekretariat habt. Warum sagst du mir davon nichts?" Jayden wirkte beruhigend auf sie ein: „Weil das nicht so wichtig ist und du dich aufregst, Kathrin. Du brauchst nicht eifersüchtig zu sein. Ich kenne die Kleine ja kaum." Kathrin stemmte die Hände in die Seiten und sagte gereizt: „Na, da habe ich doch was ganz anderes gehört. Ihr sollt schon heftig aneinander geraten sein. Fräulein Lindemann und du. Wie erklärst du mir das, bitte schön?" Jayden nahm sich eine Tasse Kaffee und ging ins Wohnzimmer. Kathrin folgte ihm aufgebracht. Jayden sah sie an und meinte: „Beruhige dich doch. Es ist alles halb so wild. Wer hat dir denn diesen Unsinn erzählt? Wir haben lediglich über die Einstellung zur Arbeit diskutiert, mehr nicht" benutzte Jayden eine Notlüge.

Sie setzte sich bei ihm auf den Schoß und sagte leise: „Dann ist also alles in Ordnung und ich muss mir keine

Sorgen machen. Du weißt, ich habe ein Auge auf dich." Er nickte und trank vorsichtig den Kaffee. Am frühen Abend hatten die beiden wieder einmal Sex, der von Kathrin ausging. Anschließend fuhr sie zur Nachtschicht. Jayden lag wach und grübelte über das Leben nach. Ihm kamen wieder all die dunklen Gedanken, die er vergessen wollte. Die Erinnerung an seine Kindheit und die aufkeimende Eifersucht auf Markus, machten ihm zu schaffen. Außerdem interessierte ihn, wer Kathrin von Liss erzählt hatte. Er nahm eine Tablette und versuchte, noch ein paar Stunden zu schlafen. Morgen wollte er mit Michael über die Angelegenheit sprechen und einen Plan schmieden. Sie würden schon rausbekommen, wer ihm da an die Karre pissen wollte und seiner Freundin Informationen zukommen ließ.

Kapitel 9 – Melissa trifft auf Kathrin

Es wurde Herbst, der Malermeister färbte die Blätter mit warmem Pinselstrich, der Wind jagte durch die Straßen und der Regen prasselte hernieder. Das schlug auch auf Jays Stimmung, obwohl er diese Jahreszeit reizvoll fand. Für all die Farbenpracht der Wälder im Harzvorland hatte er zu oft keinen Blick mehr, denn er machte sich Sorgen. Er hatte sich mit Michael verabredet, um die Lage zu besprechen. Sie rätselten nicht lange, wer der mysteriöse Informant sein könnte.

Es standen nur Sven oder Markus zur Debatte. Beide kannten Kathrin, aber Sven hatte ein weit größeres Interesse, Jayden zu schaden. Er glaubte nämlich, Jayden hätte seit einigen Jahren ein Auge auf seine Luisa geworfen, weil er ihr gegenüber immer besonders freundlich war und sie so, wie Sven es fand, komisch ansah. Jay schaute ihr dann in ihre grünen Augen und machte ihr Komplimente, wie liebevoll und herzlich sie doch sei. Er bekam immer diesen Glanz in den Augen. Luisa war ein eher natürlicher Typ, eben das nette Mädchen von nebenan. Kathrin konnte darüber nur müde lächeln, doch Sven passte das gar nicht. Er suchte das Gespräch mit seinem Kollegen, der ihm erklärte, dass er nichts von Luisa wollte, doch Sven glaubte ihm nicht. Seither gerieten die zwei immer öfter aneinander. Sven stichelte, wo er nur konnte, hatte wohl Angst, dass ihm die Felle wegschwammen. Markus hingegen war erst kurz wieder in der Stadt. Er könnte Kathrin getroffen und ihr, von dem, was er so über die beiden erfahren hatte, erzählt haben. Micha und Jay beschlossen, die Kollegen unter die Lupe zu nehmen und sich einmal rumzuhören.

Heute hatte Kathrin abends frei und entgegen ihrer

Gewohnheit bestand sie darauf, mit Jayden ins „Paradise" zur Disco zu gehen. „Wir waren schon so lange nicht mehr gemeinsam unterwegs. Komm, wir mischen uns unter die Leute" forderte sie Jayden auf. Der hatte überhaupt keine Meinung, doch gab dann nach und zog sich ein cremefarbenes Sweatshirt mit V-Ausschnitt und eine helle Jeans an. Das Paradise war ein angesagter Club, wo sich die Jugend am Mittwochabend und am Samstag zum Tanzen traf. Kathrin stylte sich ca. eine halbe Stunde.

Sie trug den engen schwarzen Lederrock und ein schwarzes Seidenoberteil, als sie sich schließlich auf den Weg zum „Paradise" machten. Der Club füllte sich allmählich. Für einen Mittwochabend war er gut besucht. Jayden bestellte sich ein Bier und für seine Freundin eine Cola light. Micha winkte den beiden zu und gesellte sich zu ihnen. „Hallo Kathrin, du siehst wieder toll aus heute." Er wandte sich seinem Kollegen zu: „Grüß dich, Jay. Schön, dass ihr da seid." An der Theke arbeitet Phillip, der Freund von Nancy. Er schenkte heute hier die Getränke aus und nahm jede Gelegenheit war, mit den Mädels zu flirten.

Nancy sprach mit Melli noch im Wohnheim über ihren Freund, und dessen Art zu flirten: „Er kann doch nicht alle Mädels anmachen und dich damit kränken" meinte Liss zu ihrer Freundin. Doch Nancy liebte ihren Phillip und redete sich die Situation schön: „Das macht er eben gern, ich lass ihm den Spaß. Am Ende der Veranstaltung bin ich es ja, die mit ihm nach Hause geht." Liss wusste nicht recht.
Sie zog sich ihre weiße Jeans und ein helles T-Shirt an, benutzte den Kajalstift für ihre Augen und föhnte sich die Haare zu einer wilden Lockenmähne. Nancy hatte sie gebeten, mit ins „Paradise" zur Disco zu kommen.

Unter der Woche wollte Melissa eigentlich nicht ausgehen, doch sie hatte Lust zu tanzen, um den Kopf frei zu kriegen. Gemeinsam betraten sie den Club. Nancy öffnete die Seitentür zum Bereich hinter der Theke und zog Liss mit sich. „Hallo Phil, das ist meine Freundin Melli" rief Nancy laut, da die Musik sie fast übertönte. Phillip drehte sich kurz um und grinste Liss frech an. Seine braunen Haare und die grünen Augen, dazu das schmale Gesicht und der zierliche Körperbau gaben ihm etwas Bubenhaftes. Melissa begrüßte ihn per Handschlag und ging dann in den öffentlichen Bereich zurück. Dort bestellte sie bei Phillip eine Cola, trank diese in einem Zug aus, plauderte noch ein wenig mit Nancy, bevor sie sich unter die Leute mischte. Sie hatte große Lust zu tanzen. Leider konnte sie noch keinen sehen, den sie kannte. Also ging Liss auf die Tanzfläche und tanzte allein. Die Musik vibrierte in ihrem Körper. Immer ausdrucksstärker wurden ihre Bewegungen, sie kreiste mit dem Becken, hob zum Takt die Schultern und schloss die Augen. Wer sie sah, könnte denken, sie wäre in Trance. Zumindest nahm sie ihre Umgebung kaum noch wahr. Durch das Schwarzlicht leuchtete ihre Kleidung.

Ein ruhiger Titel klang an und Liss brauchte eine Pause. Auf dem Weg zur Theke lief sie Michael in die Arme. „Hallo, junge Dame, heut mal so richtig abtanzen, was? Ich habe dich gesehen, zwischen den anderen." Melissa war so froh, dass er auch hier war. Endlich war da ein bekanntes Gesicht und vielleicht jemand zum Tanzen. Micha spendierte ihr eine Cola und meinte: „Jay und Kathrin sind auch hier. Ich bring dich hin." Doch Liss wollte nicht und bahnte sich den Weg durch eine Menschengruppe zu den Toiletten. Micha zuckte nur die Schultern und verschwand ebenfalls in der Menge. Liss wäre den jungen Mann beinahe umgerannt. „Hey, kannst du nicht aufpassen?" Jayden hatte einen Schwall Bier auf sein Shirt verschüttet. Sie blickte erschrocken auf. „Tut mir wirklich leid, ich wollte gerade gehen" brachte sie heraus. Jayden erkannte sie nicht gleich. Erst, als sie den Kopf hob, meinte er: „Du hier? Ist schon gut, das trocknet wieder. Nur schade um das schöne Bier. Du wolltest also gerade gehen, ja?", hakte er nach. Liss schüttelte den Kopf und sagte dann leicht provokant: „Ich habe es mir gerade überlegt. Ich werde mir doch nicht die Gelegenheit entgehen lassen, endlich deine hübsche Freundin kennenzulernen. Sie ist doch hier, nicht wahr? Dann können wir ein wenig plaudern." Jayden verstand den Wink mit dem Zaunpfahl und drückte Melissa mit der linken Hand gegen die Holzwand. Sie verzog keine Miene und begann sogar, wissend zu lächeln. Jayden sprach betont deutlich: „Es ist besser, wenn du jetzt gehst Kleines. Wir wollen doch beide keinen Stress, nicht wahr?" Er wollte gerade noch etwas hinzufügen, als Kathrin plötzlich neben ihm auftauchte und besitzergreifend ihre Hand auf seine Schultern legte. „Was ist denn hier los, Schatz? Hast du Ärger mit der Kleinen?" Jayden ließ Liss sofort los und meinte nur: „Nein, alles geklärt. Wir können wieder zurück an unseren Platz gehen." Doch Kathrin dachte nicht daran, sich zu verabschieden. Sie beäugte Melissa von oben bis unten aufmerksam und, als sie in ihr keine Gefahr sah, sagte sie zu Liss: „Entschuldige seine aufbrausende Art, mein Freund ist nun einmal leicht reizbar." - „Ihr Freund sollte an seiner Beherrschung arbeiten, aber das kennen wir ja schon", konterte Melissa. Da horchte Kathrin auf und das Lächeln verschwand aus ihrem Gesicht. „Ich wollte sowieso mal mit ihnen reden, Kathrin" fügte Liss hinzu. Kathrin fragte überrascht: „Kennen wir uns?"

Jayden stand wie gelähmt und konnte dem Schauspiel nur zusehen. Er warf Melissa einen drohenden Blick zu, als diese vorschlug: „Wir gehen am besten mal vor die Tür, hier versteht man ja sein eigenes Wort nicht." Kathrin stimmte neugierig zu und Jayden wollte den beiden ins Freie folgen. Doch Melissa deutete auf Kathrin und sich: „Nur wir beide. Du bleibst besser hier und holst dir ein neues Glas Bier, nachdem du eben die Hälfte verschüttet hast." Kathrin lächelte Jay kurz an und verschwand mit Liss durch die Ausgangstür.

Die Luft war frisch und es war bereits dunkel. Sie standen unter einer Laterne. „Also, worüber wolltest du mit mir reden?", fragte Kathrin. Liss sagte selbstsicher: „Ich wollte mit ihnen über die Art ihres Freundes reden, ich meine, wie er sich Frauen gegenüber verhält. Sie haben es ja eben selbst gesehen, als er mich an die Wand drückte." Kathrin wurde etwas kleinlaut: „Ich sagte schon, das musst du entschuldigen, er ist eigentlich ganz gelassen. Was seinen Umgang mit Frauen angeht, er hatte selbst mit seiner neuen Kollegin schon Streit wegen der Arbeit. Bei mir ist er zahm wie ein Hündchen." Melissa sah sie entnervt an. „Die Kollegin bin ich. Vielleicht sollten sie *ihrem Hündchen* mal Manieren beibringen." Kathrin war erschrocken, nicht nur über Melissas Offenheit, sondern auch wegen der Art und Weise, wie sie mit ihr sprach. Das hatte bisher noch keine gewagt. Sie holte tief Luft und wollte gerade loswettern, als Liss ganz seelenruhig hinzufügte: „Ich denke, das war's dann, mehr wollte ich eigentlich nicht." Sie drehte sich um, ging wieder in den Club und ließ Kathrin völlig verdutzt stehen. So etwas war ihr noch nie passiert. Darüber musste sie gleich mit Jayden sprechen, nahm sich Kathrin vor.

Liss wollte ohne einen Blick an Jayden vorbeigehen, der im Eingangsbereich ungeduldig wartete, doch der zischte ihr entgegen: „Was hast du ihr erzählt?" - „Dass du die Beherrschung verloren hast, was sonst?!", klärte Liss ihn mit ernster Miene auf. Kathrin kam zur Tür herein und steuerte direkt auf Jayden zu. „Wir müssen uns unterhalten. Worüber habt ihr zwei euch wirklich gestritten? Du verlierst doch nicht die Beherrschung, wenn es nur um die Arbeit geht." Jayden stand jetzt zwischen den beiden. Er hatte Angst, dass Liss noch eine Bemerkung machen könnte und wusste ja nicht genau, was sie alles verraten hatte. „Hast du nichts Besseres vor, als uns hier zu belauschen?", harschte Kathrin Melissa an. Jayden befürchtete das Schlimmste, als er Liss ansah und gab Kathrin zu verstehen, dass sie sich mäßigen und besser die Luft anhalten sollte. „Wie redest du denn mit mir?", fragte Kathrin den Freund entsetzt.

Es kam zum Streit zwischen den beiden, bis Liss es nicht mehr mit anhören konnte: „Würdet ihr das bitte in Ruhe zu Hause klären!", rief sie ihnen zu. Um sie herum wurde es still. Kathrin ergriff die Chance, nahm Jays Hand und legte sie auf ihren Busen. „Ach, komm Schatz, lass uns den Mist vergessen und uns wieder vertragen." Jayden zog die Hand weg und hatte nur Augen für Liss, die aufgebracht und sichtlich traurig, völlig verloren wirkte. Das entging Kathrin nicht. Sie begann, nicht nur Jays Aufmerksamkeit auf sich zu lenken. „Schatz, sieh mal, ich habe mich heute extra für dich hübsch gemacht. Sie strich sich über den hautengen Lederrock und hob ihn dabei leicht an. „Die Kleine hat Recht, wir sollten zu Hause weitermachen." Kathrin befeuchtete ihre Lippen. Jayden sah sie entnervt an. „Lass den Mist!" Doch die dachte ja nicht daran, sich das Wasser von dieser kleinen Göre abgraben zu lassen.

Lasziv lehnte sie sich an die Wand und zog den Rock noch etwas höher mit den Worten: „Komm schon, sieh mal, was du dir entgehen lässt!" Melissa sah entgeistert zu ihr herüber und dann zu Jayden. Schließlich sagte sie zu Kathrin: „Das grenzt ja schon an Erregung öffentlichen Ärgernisses. Könnt ihr das nicht unter euch klären, oder braucht ihr unbedingt Publikum?" Die Massen johlten. Doch Liss hatte Tränen in den Augen. Kathrin sah fordernd zu Jayden. Der wandte sich ihr zu und meinte: „Es ist wohl besser, wenn du jetzt gehst. Ich komme später nach." Dann richtete er sich an die Menge und sagte lauthals: „Die Show ist vorbei, Leute."

Kathrin ging wortlos durch die Tür und Jay direkt auf Melissa zu, die immer noch mit den Tränen kämpfte. Sie konnte mit Kathrins Art, sich in aller Öffentlichkeit zu präsentieren, nicht umgehen. Jayden nahm ihre Hand und meinte: „Komm, wir gehen ein paar Schritte, das wird dir gut tun." Sie holte ihre Jacke und folgte ihm ins Freie. Er hatte sich seine schwarze Lederjacke übergezogen, nahm eine Zigarette aus der Schachtel und ging langsam neben Liss her. Sie entfernten sich von dem Club und die junge Frau fing sich allmählich wieder. Sie setzten sich unter eine Laterne auf eine Bank. Jayden bestätigte Liss, dass das Kathrins Art war, ihn auf Touren zu bringen. Sie stand eben gern im Mittelpunkt und er hatte das bisher auch immer genossen. Melissa war das alles zuwider. „Was macht dich denn an?", fragte Jay sie neugierig. Die Zweiundzwanzigjährige sah ihn mit großen Augen an. „Das werde ich dir bestimmt nicht erzählen." - „Warum nicht, ist doch alles ganz natürlich", versicherte Jayden. „Ich werde mit dir nicht über Sex sprechen und schon gar nicht über meine Vorlieben." - Zumal ich die selbst nicht genau kenne, dachte Liss bei sich. Sie war in diesen Dingen einfach zu unerfahren.

Sie hielt sich für eine aufgeklärte junge Frau, doch eine Frage brannte ihr schon seit damals unter den Nägeln. Schließlich war Jayden ein Mann und er konnte Auskunft geben. „Kann ich dich jetzt einmal etwas fragen?", begann sie vorsichtig: „Haben Männer eigentlich jedes Mal beim

Sex einen richtigen Orgasmus?" Jayden sah sie lächelnd an. „Was ist denn das für eine Frage?" - „Du brauchst gar nicht so zu lachen, ich meine doch, ob sie diesen Rausch kennen, diesen unbeschreiblichen Moment, an dem man überrollt wird von seinen Gefühlen." Jayden gab ihr zu verstehen, dass Männer durchaus Gefühle beim Sex haben, aber wohl nicht so intensiv wie Frauen es erleben. „So, wie du davon sprichst, hattest du wohl schon solch ein intensives Erlebnis, sprich einen Megaorgasmus. Ich wette, du stehst auf Lack und Leder." Liss sah ihn verträumt an, musste dann aber lachen. „Nein, auf so etwas stehe ich nicht. Ich denke, ich glaube, vielleicht sind es die Geräusche, ich meine, die Stimme kann erotisch sein." Jayden nickte bekräftigend. Melissa hatte bisher nur mit ihrer besten Freundin über Sex und Liebe gesprochen. Sie war erleichtert, dass sie mit Jayden auch über diese Themen reden konnte.

Jayden begann zu erzählen. „In Sachen Sex bin ich derart abgeklärt, da kann mich im Grunde nichts mehr überraschen. Bei mir ist es wohl die Provokation, die mich anmacht, der Reiz, verstehst du?" Liss verstand nur allzu gut. Jetzt wurde ihr einiges klar. „Na, dann werde ich dich mal lieber nicht mehr provozieren, sonst fühlst du dich noch von mir angemacht." Jay grinste, sah auf ihre Jacke und fragte: „Sind deine Brüste eigentlich so groß, wie meine Hände?" Liss antwortete schlagfertig: „Es kommt darauf an, wie groß deine Hände sind."

Jayden schob seine rechte Hand unter ihre Jacke und streichelte sanft ihren Rücken. Melissa versuchte, entspannt zu bleiben. Sie ließ ihn gewähren und dachte: Solang es nur der Rücken ist, ist das wohl in Ordnung. Dann wanderte seine Hand weiter zu ihrem Busen. Er genoss es, sie dabei anzusehen. Ihre Augen flatterten und sie biss sich auf die Lippen. Mit leiser Stimme mahnte sie ihn: „Jayden, hör auf, das reicht jetzt. Das ist so verlogen." - „Fühlt sich das nach Verlogenheit an?", er streichelte sanft über Ihre Brust. Seine Stimme klang weich. „Oder, fühlt sich das nach Verlogenheit an?", begann er mit den Fingern ihre Knospen zu umkreisen. „Nein, gab sie zu." Sein Gesicht kam näher und er küsste sie erst sehr vorsichtig, dann fordernder:

Deine Art

Es ist die Art wie du mich küsst
es ist der Wunsch, der in mir ist
wenn du mich in die Arme schließt
dass du für immer bei mir bist

Es ist die Sanftheit deiner Hand
sie raubt mir zärtlich den Verstand
wenn du mich wohlig träumen lässt
halte ich mich sicher an dir fest

Es ist der Wohlklang deiner Stimme
mit der du mir verwirrst die Sinne
die mich hoch zum Himmel hebt
wenn sie leis ins Ohr mir schwebt

Es ist ganz einfach deine Art
Raubein mit Gefühl gepaart
wie du stürmisch doch sanft liebst
dich mit Haut und Haar hingibst

Noch bevor sie die Kontrolle verlor, schob sie seine Hand weg und sah ihn vorwurfsvoll an. Seine Erregung wurde deutlich. „Mist, das ist doch nicht…", schimpfte er.

„Denk doch einfach an deine Freundin", gab ihm Liss den wohlgemeinten Ratschlag. „Ich denke an Kathrin um mich anzutörnen, nicht, um mich abzuregen", schnaufte Jayden wütend. „So habe ich das nicht gemeint, ich dachte doch nur, dass es dir hilft, dich zu erinnern, dass du eine Freundin hast."

„Das weiß ich, sie wünscht sich ein Kind, da treiben wir es ständig." - „Wie nennst du es?", fragte Melissa ungläubig „ihr treibt es?" - „Wie würdest du es denn nennen? Liebe machen?", wollte Jayden entnervt wissen. „Nein, miteinander schlafen, so würde ich das nennen oder sich lieben, wobei es auch Sex ohne Liebe gibt, das ist mir schon klar." Für einen Moment herrschte Stille. „Du denkst wohl, mit deiner Art kannst du die Welt verbessern, was?", fragte Jay sie dann. „Du hältst dich wohl auch für was Besseres, als ich es bin, nicht wahr, Frau Lindemann?" Liss schluckte.

Er stand auf und sie ebenfalls. „Nein, das stimmt doch gar nicht", versicherte sie dem aufgebrachten Jayden. „Du verstehst mich völlig falsch, ich habe doch nicht, Jayden bitte", versuchte sie zu erklären und bat eindringlich: „Ich möchte dich nicht als Freund verlieren." Jayden sah sie an und erwiderte: „Du kannst nur verlieren, was du besessen hast." Diese Worte trafen Melissa derart, dass ihr die Tränen in die Augen stiegen. Sie ging ein paar Schritte, drehte sich dann wieder zu ihm um und sagte: „Entschuldige, ich dachte, wir sind Freunde, da habe ich mich wohl geirrt?" Er sah ihr tief in die grünen Augen: „Ich liebe dich, *Kathrin*." Ihr Herz schien sich zu verkrampfen, das Gleiche galt auch für ihren Magen. Tapfer blickte auch sie ihm direkt in die Augen, als sie verlauten ließ: „Ich heiße aber nicht *Kathrin*. Wenn du sie so liebst, solltest du ihr das sagen. Sie wird sich freuen, das zu hören." Jayden sah Liss ernst an und meinte schließlich: „Vielleicht sollte ich das." Liss hob den Kopf und betrachtete den Sternenhimmel. „Jayden, schau dir diesen Himmel an!" Er verschwendete keinen Blick an den Himmel: „Wenn ich den Sternenhimmel bewundern will, mach ich das mit meiner Freundin, nicht mit dir." - „Was ist bloß mit dir los, du Idiot, was habe ich dir denn getan?" Jay war froh, dass die Sprache auf das Thema kam. „Du hast mich auf der Arbeit vor all meinen Kollegen bloßgestellt, schon vergessen? Nenne mich nicht dauernd einen Idioten." - „Du bist aber ein Idiot, ein riesengroßer Vollidiot sogar." Das musste Liss jetzt loswerden. Sie war sauer, dass er diese Geschichte für sich auslegte. „Und du, du bist verrückt nach dem Idioten, stimmt's?", behauptete Jayden. Melissa versuchte, nichts Falsches zu sagen: „Und, wenn schon", hörte sie sich selbst. Jayden triumphierte: „Ich wusste es." Das wurde Liss alles zu viel. „Ich gehe jetzt, ich muss ja irgendwann auch mal schlafen." Jayden lächelte wohlwissend und wünschte ihr schöne Träume. Wenn ich nur schlafen könnte, dachte sich Liss und ihr fielen diese Zeilen ein:

So träum von mir

Herz in meiner Hand geschunden
überlass ich´s dir im Glauben
dass du´s hegst in stillen Stunden
wirst es mir nicht blutleer saugen

All mein Sehnen große Hoffnung
liegt im Staub zu deinen Füßen
nimm es auf und trage es heim
will dir nah - verbunden sein

Nicht nur heut in dieser Nacht
reichst Fantasie als Souvenir
wählst die Worte mit Bedacht
liebst du mich, so träum von mir

Träum von mir, dachte sie sich. Schön wär's. Liss litt seit geraumer Zeit an Schlafstörungen. Sie lag stundenlang wach und grübelte über das Leben nach. Also ging sie die paar Meter zu Fuß, als sie ein Paar eng umschlungen in der Dunkelheit, kaum zu erkennen, wahrnahm. Sie wollte nicht stören und schnell vorbeigehen. Da entdeckte sie Phillip, der mit der Rothaarigen zusammen war. Auch er hatte Liss erkannt und schaute eilig in die andere Richtung. Was sollte sie denn jetzt bloß Nancy sagen? Sollte sie es ihr überhaupt erzählen? Wo sie doch so verliebt in diesen Kerl war. Sie waren schließlich Freundinnen und Melissa beschloss, ihr die Wahrheit über Phillip vorsichtig nahe zu bringen. Dieser Scheißkerl, dachte Liss auf dem Weg zum Wohnheim. Was ist bloß mit diesen Kerlen los. Die haben solch wunderbare Freundinnen, aber betrügen und belügen sie.

Kapitel 10 – Mit den Kräften am Ende

Liss ging gleich in ihr Zimmer, als es an der Tür klopfte. Es war Nancy. „Melli, bist du da? Mach auf!" Melissa öffnete ihr die Tür und Nancy wollte alles genau wissen. „Wo warst du denn auf einmal und warum guckst du so traurig? Alles in Ordnung, Melli? Die schüttelte nur mit dem Kopf. „Nein, ich habe Phil mit der Rothaarigen gesehen. Es tut mir so leid Nancy, aber er betrügt dich dieser Mistkerl." Ihre Freundin sah sie nur an und meinte: „Das weiß ich doch schon Melli. Das mit der Rothaarigen geht wohl schon eine Weile. Ich wollte es nicht wahr haben. Morgen werde ich die Beziehung zu Phillip beenden." Liss nahm Nancy in den Arm und beide weinten. Sie waren so ein schönes Paar, dachte Melissa enttäuscht, denn es ist wie immer alles nur Fassade. Nancy meinte plötzlich: „Ich hole uns noch etwas zu trinken" und verschwand aus dem Zimmer, um kurze Zeit später wieder mit einer Flasche „Kräuter" aufzutauchen. „Prost!", meinte sie zu Liss und hielt ihr die Flasche hin. „Ich trinke nicht, danke", wehrte diese ab. „Komm schon Melli, auf uns!" Nachdem sie die Flasche halb geleert hatten, waren sie völlig danieder. Nancy ging auf ihr Zimmer und Liss blieb allein und betrunken zurück. Sie fing plötzlich lautstark an zu weinen und konnte einfach nicht aufhören. Ihre Gefühle fuhren Achterbahn und die Gedanken kreisten um die Liebe, Jayden, ihre Eltern, Nancy und Markus, diesen Dreckskerl.

Sie stand auf, ging zum Fenster und öffnete es weit. Dann setzte sie sich auf das Fensterbrett und schaute hinaus ins Freie. Die Zimmertür ging auf und Nancy stand im Raum. „Melli, Süße, was machst du da?", versuchte sie verständlich zu sagen. Es war mehr ein Lallen, doch die Angst um die Freundin konnte man deutlich heraushören.

„Ruf bloß jetzt nicht um Hilfe.", sagte Liss abwehrend. Nancy verstand das als ein Okay und lief zum Telefonieren in ihr Zimmer. Wen konnte sie in der Nacht anrufen? Mit wem würde Melli sprechen wollen? Da kam ihr Jayden in den Sinn. Die Zwei waren ja auch zusammen unterwegs gewesen heute Abend. Sie kramte ihr Handy heraus und wählte seine Nummer, die er ihr irgendwann einmal überlassen hatte, falls etwas auf der Arbeit wäre.

Dann lief sie zurück zu Melissa, die immer noch im Fensterbrett kauerte und keinen an sich ran ließ. Mittlerweile waren einige Lehrlinge auf sie aufmerksam geworden, da die Zimmertür noch offen stand.

Hastig betrat Jayden den Raum. Er sah sich kurz um und meinte dann zu den anderen: „Raus hier, alle!" Die Tür fiel hinter ihnen ins Schloss. Er setzte sich auf einen Stuhl. Liss hatte wohl gar nicht mitbekommen, das er da war. Sie hatte den Kopf auf die Knie gelegt und schlief fast ein. Ihr Körper wankte bedrohlich. Jayden wollte zu ihr, durfte sie aber jetzt nicht erschrecken. Er begann, leise mit ihr zu sprechen: „Kleines, hörst du mich? Ich bleibe hier auf dem Stuhl sitzen. Ruf mich, wenn du mich brauchst, in Ordnung?" Jayden sah die Flasche auf dem Boden vor dem Bett. Sie könnte das Gleichgewicht verlieren und aus dem Fenster fallen, dachte er besorgt. „Geh weg, ich brauche dich nicht, ich brauche keinen", hörte er Liss lallen. Als Melissa den Kopf hob, musste sie sich am Fensterkreuz festkrallen, um nicht zu stürzen. „Meine Beine sind eingeschlafen, ich fühle meine Beine nicht mehr", sagte sie ängstlich. „Ich komme jetzt zu dir rüber, keine Angst, gib mir einfach deine Hand." Jay zwang sich, ruhig zu bleiben. „Wie denn, ich muss mich festhalten. Denkst du, ich will mich umbringen?" Da saß sie nun mit ihrem Nachthemd auf der Fensterbank und hatte schreckliche Angst. „Komm schon, gib mir eine Hand, du kannst das", bat Jayden erneut. Dann reichte sie ihm die zitternde Hand und fiel im quasi in die Arme. „Ich habe dich, keine Angst, ich halte dich", sagte Jay sichtbar erleichtert. Er trug sie in ihr Bett und deckte sie liebevoll zu. Dann schloss er das Fenster und meinte: „Draußen ist es verdammt kalt, du holst dir noch den Tod." Liss sah ihn wie durch einen Schleier und weinte sich in einen schönen Traum:

Erfüllung

Du bist die Erfüllung meiner Träume
du bist das größte Glück für mich
verzeih, wenn ich vor Freude weine
ich denke gerade wieder an dich

Meinem Sehnen gabst du Hoffnung
meinem Begehren neue Nahrung
die Zärtlichkeit hat ihren Ursprung
jede Berührung eine Offenbarung

Es sind die kostbaren Momente
in denen du mich selig machst
wenn ich dir beschreiben könnte
wie viel Glück du in mir entfachst

Bis zum Rand füllst du das Herz mir
so voll mit Liebe und mit Wärme
ich schick Träume himmelwärts dir
du zeigst mir immer neue Sterne

Du bist die Antwort tiefer Sehnsucht
vermagst mir Wünsche zu vereinen
bist der, nach dem mein Herz ruft
denn es schlägt im Takt mit deinem

So füllst du mir meine Seele
jeder Tag - ein Geschenk für mich
drei Worte, die ich für dich erwähle
du, mein Schatz: ich liebe dich

Jayden saß an ihrem Bett, bis sie fest schlief, setzte sich dann auf einen Stuhl legte seinen Kopf auf den Tisch und hielt Wache. Schlafen konnte er sowieso nicht.

Noch bevor Liss zu sich kam, hatte er den Raum leise wieder verlassen. Er würde sie ja bei der Arbeit sehen.

Doch an diesem Tag kam Frau Lindemann nicht zur Arbeit genau so wenig wie an den folgenden Tagen. Auch in der Berufsschule tauchte sie nicht auf. Sie reichte einen Krankenschein ein, denn Melissa war am Ende ihrer Kräfte. Die von ihr beschriebenen Gefühlsschwankungen, der Schlafmangel und diese tiefe Traurigkeit, verbunden mit dem Suizidversuch, erklärte ihr der Arzt, waren ausschlaggebend. Der Alkohol hatte zwar sein Übriges dazu beigetragen, doch die Verzweiflung war wohl übermächtig geworden.

Liss blieb tagelang im Bett und ruhte sich aus. Sie hörte Musik und weinte viel. Nancy schaute oft nach ihr und versuchte, sie aufzumuntern, obwohl es ihr wegen der Trennung von Phillip nicht gut ging. Nancy machte sich auch wegen des Kräuterlikörs schwere Vorwürfe. Doch Liss erklärte ihr, dass es nichts mit ihnen und dem Alkohol zu tun hatte. Diesen Schmerz trug sie schon seit Jahren mit sich herum. Sie zweifelte an sich und an ihrem Glück, schaute in der letzten Zeit oft in den Spiegel und erkannte sich nicht. War sie eine begehrenswerte Frau? Sie sah ihr Gesicht und konnte sich nicht damit identifizieren. Das soll ich sein, dachte sie. Ich bin irgendwo da drin. Sie kam sich vor, als wäre sie in einem Turm ohne Fenster eingesperrt und fand den Ausgang nicht. Wie schön könnte es sein,

wenn man mit sich zufrieden wäre. Im Grunde fand sie
ihren Körper ganz in Ordnung.

Ich mag dich so

Du bist so schön
auf besondere Weise
ich mag dich so
flüstere ich leise
vielleicht hätte es
einen anderen
für mich gegeben
doch ich vertrau darauf
will mit dir leben
sah dich an
und glaubt es nicht
du bist der Richtige für mich
ganzheitlich gefällst du mir
mein Körper, ich stehe zu dir

Liss dachte oft zurück an ihre Kindheit und wie sehr sie
unter ihren schiefen Zähnen gelitten hatte. Es war ihr auch
unter dem strengen Regiment ihres Vaters nie wirklich
gelungen, Selbstbewusstsein aufzubauen. Sie hatte zwar
stets aufbegehrt, doch nie zu sich selbst gefunden. Es gab
Situationen in ihrem Leben, da wünschte sie sich weit weg.
Dann lag sie beispielsweise auf einer Wiese, sah den
Wolken nach und träumte sich mit ihnen fort. Diese
Verträumtheit und ihre trotzige Art waren es, die ihrem
Vater ein Dorn im Auge war. Er wollte seine Tochter zu
einer mutigen jungen Frau erziehen, die das Leben allein
meistern konnte. Vielleicht, weil ihm selbst als Kind der
Vater, er war im Krieg gefallen, fehlte. Dann, als Melissa
eines Tages die Kraft gefunden hatte, ihrem Vater mutig

entgegen zu treten, war ihm das auch nicht recht. Ihre Mutter gab sich alle Mühe, zwischen den beiden zu vermitteln. Letztlich eskalierte die Lage vollends. Diese angespannte Situation und die ständige Angst vor neuem Streit, machten Liss als Kind und im Grunde noch heute schwer zu schaffen. Sie verglich beinahe jeden Mann mit ihrem Vater und fand Ähnlichkeiten. Das machte es ihr nicht leicht, Freundschaften zu schließen oder sich gar auf jemanden einzulassen. Melissa wurde von Selbstzweifeln zerfressen.

Nach einigen Tagen änderte sich ihr Gemütszustand. Sie hatte so viel geweint, dass keine Tränen mehr flossen und ihr Kopf war vom Grübeln leer. Sie ging wieder zur Arbeit. Sie fürchtete dumme Sprüche oder gar irgendwelche Anspielungen auf ihre Krankschreibung, aber sie wurde herzlich begrüßt und vom Chef persönlich willkommen geheißen. „Guten Morgen, Frau Lindemann, ich freue mich, dass sie wieder da sind. Lassen sie es ruhig angehen. Sie sehen immer noch erschöpft aus." Liss lächelte ihn dankbar an.

Nach Feierabend nahm Jayden Melissa mit dem Auto, welches Micha von seinem Bruder geliehen hatte, mit zurück zum Wohnheim. Unterwegs meinte Micha: „Jay, setz mich hier ab. Ich will noch bei Simone und meiner Kleinen vorbeischauen." Das Auto stoppte und Micha stieg aus. Sie fuhren weiter zum Wohnheim. Dort hielt Jayden auf dem Parkplatz und erklärte Liss, dass Simone die Ex-Freundin von Michael war und die beiden ein Kind zusammen hätten. Micha sieht die Kleine selten. Jetzt will Simone sogar ganz wegziehen. Liss fand das traurig. Sie konnte nicht verstehen, warum aus Liebe solche Missgunst wurde.

Sie erzählte Jayden von Phillips Techtelmechtel mit der Rothaarigen und meinte dann enttäuscht: „Was ist bloß aus

der Liebe geworden? Seid ihr Männer denn nie zufrieden?"
Jayden zögerte einen Moment und sagte dann: „Vielleicht
solltest du dir einen netten Kerl in deinem Alter suchen."
Liss wusste genau, was und wen sie wollte: „Ich will keinen
Netten." Jay lächelte: „Dann bin ich ja zufrieden, das heißt,
ich bin erst zufrieden, wenn ich dich da habe, wo ich dich
haben will." Melissa konterte: „Wo denn, im Staub auf dem
Boden, aus Angst schlotternd?" - „Nein, in meinem Bett,
denn du hast alles, was du brauchst und ich habe das Know
how", sagte Jayden ganz ruhig. Liss wollte den Spaß
mitmachen und fragte: „Kriege ich denn wenigstens ein
ordentliches Frühstück?" - „Wer sagt denn, dass du die
ganze Nacht bleibst?" erwiderte Jay. Das ärgerte Liss
maßlos. Sie kniff die Augen zusammen und sie ließ ihn
wissen: „Du bist so ein gemeiner Kerl, da kannst du lange
warten, ich hasse dich." Jayden schüttelte den Kopf und
meinte: „Nein, du liebst mich und ich habe Zeit." Melissa
sah Jayden fragend an: „Warum bist du immer so gemein zu
mir?" – „Weil ich will, dass du dich verteidigst, dass du zu
dir stehst. Ich fordere dich doch nur heraus, Kleines."

Liss wurde wieder ruhiger und verriet ihm schließlich:
„Ich glaube, ich werde langsam verrückt. Ich rede mit dir,
wenn du nicht da bist, ich weine und lache gleichzeitig, ich
habe diese Bilder im Kopf, oft nur Ausschnitte und kann das
alles nicht zuordnen, weiß nicht mehr ob das wirklich
passiert ist, ober ich mir das nur einbilde. Außerdem schlafe
ich schlecht und kann mich am Tage nicht mehr
konzentrieren. Es geht mir wirklich nicht gut. Ich glaube
auch, dass ich gar nicht richtig lieben kann, ich mag mich ja
selbst nicht leiden."

Jay hörte genau zu und meinte: „Warum gehst du nicht
zum Arzt? Ich habe ein Buch über Psychologie gelesen, da
wird das genau erklärt." „Zu welchem Arzt soll ich denn

gehen, dafür gibt es keinen." Jayden schaute sie ernst an: „Es gibt für alles einen Arzt und ja, ich kenne mich aus mit Schlafstörungen und so weiter. Das hat meist ernste Ursachen. Du solltest das abklären lassen." - „Meinst du, der Arzt kann in meine Seele schauen?" Melissa musste lächeln. „Da fällt mir wieder ein Gedicht ein, was ich einmal geschrieben habe. Soll ich es mal aufsagen?" Jayden verzog das Gesicht, lenkte dann ein: „Na gut, lass hören." Liss begann:

Ein Blick in die Seele

In meinen Augen siehst du mich
zwei Seelen, die begegnen sich
gebe dir mit Blicken zu verstehen
worüber Worte zu dir nicht reden

Die Tiefe kannst du nur erahnen
Gefühle sich neue Wege bahnen
der Augen Blick in Flut und Licht
zu dir mit Herz und Seele spricht

Jayden wurde ganz still und sagte dann: „Du hast das drauf und arbeitest im Sekretariat? Warum wirst du nicht Schriftstellerin?" „Meinst du, da ist was dran, an dem Inhalt des Gedichtes? Kann man dem Menschen seine innersten Gefühle an den Augen ansehen?", wollte Liss bestätigt wissen. Sie sah Jayden verträumt und sehnsuchtsvoll an, denn selten war sie ihm so nah wie jetzt.

„So, wie du mich ansiehst, ich weiß genau, was das bedeutet. Kathrin sieht mich so an, wenn sie Sex will", versicherte Jayden ihr. „Nein, das bedeutet mein Blick nicht." Kleinlaut fügte sie hinzu: „Es ist ein sehnsuchtsvoller Blick und er bedeutet", sie holte tief Luft und sagte leise:

„Er bedeutet: Liebe mich. Das ist ein Unterschied!" – „Du bist in mich verliebt?" Liss wusste nicht recht: „Nein, vielleicht. Liebe ist so ein großes Gefühl. Ich glaube nicht, dass ich dazu in der Lage bin."

„Du fühlst dich also zu mir hingezogen, könnte man das so sagen?", wollte Jayden wissen. „Nicht, das mir das gefällt, aber ja, so könnte man´s beschreiben. Es ist wie Heimweh. Ich habe richtige Schmerzen, verstehst du?" Es folgte ein bestätigendes Nicken seinerseits.

Jayden hielt kurz inne, nahm dann allen Mut zusammen und fragte: „Wie war eigentlich dein erstes Mal? Was war das für ein Typ, sah er gut aus, so wie ich?" Melissa blickte aus der Seitenscheibe des Golfs. „Nein, besser." Sie hatte wieder Tränen in den Augen. Zu schmerzlich waren die zerrissenen Erinnerungen, all das Verdrängte bahnte sich seinen Weg, an das sie sich bisher nur dunkel erinnerte. „Was ist, wenn er jetzt hier wäre?", meinte Jay. „Was würdest du ihn fragen?" Liss liefen die Tränen über die Wangen. Sie krallte sich mit den Fingern in den Stoff ihrer Hose und sagte leise: „Ich würde fragen, wie es ihm geht?" - „Sonst nichts?" Jayden war überrascht.

„Es geht ihm gut" gab er der weinenden Liss zu verstehen. „Und, wie war es bei dir?" wollte sie unter Tränen wissen. Jayden wurde nachdenklich. „Sie war viel zu jung. Ich kannte damals nicht einmal ihren richtigen Namen." Melissa fragte vorsichtig: „Wolltest du ihn überhaupt wissen, hat sie dich denn interessiert?" - „Weißt du, ich war damals erst kurz mit Kathrin zusammen. Ich wollte Sex, aber sie meinte, wir sollten damit noch warten, verstehst du? Ich habe das akzeptiert und dann..." Wieder sah ihn Liss entgeistert an.

„An deinen Augen kann man vieles ablesen, Kleines." Sie sagte leicht angespannt: „Du weißt doch nicht einmal, welche Farbe meine Augen haben." - „Sie sind grün mit etwas braun darin, richtige Katzenaugen, wenn du mich fragst." Er lächelte sie liebevoll an, als sie es wagte, ihn erneut direkt anzusehen. „Warum hasst du mich eigentlich. Ich muss das wissen." Jay sagte überzeugend: „Ich hasse dich nicht, ganz im Gegenteil, ich mag dich, sehr sogar." Liss war überrascht, das zu hören und meinte leise: „Sei nur nicht so nett zu mir, sonst verliebst du dich noch in mich." - „Das könnte ich gar nicht, selbst, wenn ich wollte", gab Jayden zu verstehen und er fügte nach einer Pause noch hinzu: „weil ich es schon bin."

Liss verstand nur so viel, dass er sie nicht liebte, weil er schließlich schon Kathrin liebte und stieg enttäuscht aus dem Auto. Jayden folgte ihr, lief eilig um den Pkw herum, bis er direkt vor ihr stand. Er sah sie mit seinen blauen Augen an und fragte: „Darf ich dich küssen?" Das kam für Melissa so überraschend, dass sie automatisch mit *Nein* antwortete. „Du hast Recht, Kleines, wenn einseitige Gefühle im Spiel sind, sollte man sich damit zurückhalten." Liss trällerte ironisch: „Das ist aber nett von dir, dass du Rücksicht auf meine Gefühle nimmst." Jayden fühlte sich missverstanden: „Ich denke, ich kann dann jetzt gehen." - „Du brichst mir das Herz" fügte Liss noch hinzu. „Als ob ich das könnte und bei den Gefühlen habe ich eher an meine gedacht." Mit diesen Worten stieg er ins Auto und fuhr mit quietschenden Reifen davon. Melissa sah ihm traurig hinterher. Wieder hatte sie sich selbst im Wege gestanden und keine Nähe zugelassen. Sie wollte ihn doch, aber er war vergeben.

Kapitel 11 – Und nichts, als die Wahrheit

Die Zeit verstrich und Liss ging es nicht besser. Auch Jayden kämpfte mit den alten Geistern, die ihm das Leben schwer machten. Er erzählte Michael, dass er sich furchtbar fühlte und wegen der, wie er es nannte, „Vergewaltigung" Albträume hätte. Micha verstand nur Bahnhof. „Was für eine Vergewaltigung?" Jayden schaute ihn verdutzt an. „Die Kleine hat dir doch alles erzählt, dachte ich." „Jetzt sag schon, was war da zwischen euch in der Dübener Heide?" Jayden erklärte ihm die ganze Geschichte und Micha hörte aufmerksam zu. Er konnte gar nicht glauben, was Jay über sich dachte. „Sie wollte dich doch, so wie du es beschrieben hast und Melissa ist ein ehrliches Mädchen, sie sieht das sicher genauso."

„Ich habe mit ihr gesprochen. Die Kleine ist mit den Nerven am Ende. Sie sagt, dass sie sich kaum oder nur bruchstückhaft erinnern kann. Meinst du, das stimmt?", fragte Jayden seinen Freund und dieser entgegnete: „Keine Ahnung Mann, sie war damals noch sehr jung. Ihr habt doch verhütet?" Jayden wurde ganz blass. „Du denkst, ich meine, du glaubst doch nicht, dass?" Jayden musste schlucken und meinte schließlich: „Ich habe ja versucht, mit ihr zu reden, doch sie blockt ab. Micha kannst du nicht einmal, ihr seid doch befreundet, sie vertraut dir. Ich muss wissen, wie sie das von damals sieht und ob, vielleicht war sie schwanger?" Michael stimmte letztlich zu. „Na gut, ich werde mit ihr reden."

Es wurde wieder eine Nacht ohne Schlaf für Jayden. Er warf sich hin und her, grübelte und machte sich Vorwürfe. Vielleicht musste sie die Schwangerschaft abbrechen und war auch deshalb völlig mit den Nerven runter.

Der Seele Finsternis

Ihr Atem stockt, der Leib ist schwer
das Blut, es läuft so nieder
ihr Körper krampft
sie fühl nichts mehr
geschlossen sind die Lider

Oh, stummer Schrei,
oh, lauter Schmerz
will fressen ihre Seele
sie bittet dich um Tropfen kalt
Wasser für ihre Kehle

Das Gefühl, es geht
der Schmerz er bleibt
gebrandmarkt in dem Herzen
ihr Kindlein starb in ihrem Leib
aus Not ließ sie´s ausmerzen

Die Zeit vergeht
der Gram, er wächst
sie kann´s nicht überwinden
ist ganz und gar von sich entsetzt
kann keinen Frieden finden

War Liss schwanger gewesen? Hatte sie einen Abbruch nicht überwunden? Das wäre eine Katastrophe auch für ihn. Einige Zeit später verabredete sich Michael mit Liss am Mittwochabend wieder im „Paradise". Sie tanzten und er brachte sie zum Lachen. Wie gut das tat. Sie waren inzwischen Freunde geworden und Melissa mochte ihn sehr. Er war aufrichtig und einfühlsam. Sie konnte sich immer auf ihn verlassen. Seine Ex-Freundin war, wie Liss erfuhr, mit der Tochter abgereist. Das war Micha gar nicht recht, er wollte sich schließlich um sein Kind kümmern. Auch, wenn seine Ex sich nicht mehr für ihn interessiert, es blieb doch sein Kind. Doch darüber wollte Melissa mit ihm heute nicht reden. Sie wollte ihn auf andere Gedanken bringen.

Am späten Abend verließen die Zwei den Club zusammen. Es war empfindlich kalt. „Ich bring dich noch zurück", meinte Micha zu Melissa. Sie hakte sich bei Michael unter, und sie gingen die Breite Straße entlang in Richtung Marktplatz. Es war eine wunderschöne Nacht, die Straßen und Fachwerkhäuser waren bereits vorweihnachtlich mit Lichterketten und Zweigen geschmückt. Überall leuchtete und funkelte es. Liss wurde von diesem Zauber eingefangen. Sie fühlte sich wohl in Michaels Gesellschaft. Sie waren gerade am Nicolaiplatz, als Micha Melissa bat, ihm zu erzählen, was damals in der Heide wirklich passiert ist und wie es ihr in all den Jahren ergangen ist. Liss tat, als hätte sie nicht verstanden: „Ich liebe diese Zeit, in der alles so zauberhaft hergerichtet ist" und schaute schnell weg. Micha vernahm die Anspannung in ihrer Stimme. „Du kannst mir vertrauen, Liss." Traurig sah sie ihn an und meinte: „Ich habe mit Jayden gesprochen, aber irgendetwas belastet ihn, denke ich. Sven sagte vor kurzem zu mir, wenn ich Jayden wirklich helfen will, sollte ich ihn nach seiner Mutter fragen. Weißt du vielleicht was darüber?" - „*Das* hat Sven dir gesagt?", rief Micha entsetzt. Er fragte sich gerade, woher Sven seine Informationen hatte, jedenfalls nicht von Jay selbst, das hielt Micha für ausgeschlossen. Sicher doch, die Zwei kannten sich schon seit der Schulzeit. Vielleicht hatte er damals mitbekommen, dass Jayden und seine Mutter Probleme hatten.

Liss fragte weiter nach: „Was ist denn nur mit Jayden?" Micha nahm ihren Arm und zog sie an die Seite. „Er bringt mich um, wenn ich mit dir darüber spreche." - „Und ich bringe dich um, wenn du es nicht tust." - „Also nur so viel, er glaubt, er wäre ein Vergewaltiger wegen der Sache mit dir damals im Wald. Seine Kindheit war auch alles andere als rosig für ihn. Er leidet seit Jahren und nimmt starke Medikamente. Kathrin und er versuchen, ein Kind zu bekommen, doch es klappt nicht. Er glaubt, es liegt an ihm. Jayden hat deshalb schon versucht, sich das Leben zu nehmen."

Liss schaute überrascht und Micha bat sie eindringlich, nichts von ihrem Gespräch zu erzählen. „Ich habe es nie für eine Vergewaltigung gehalten", erklärte Melissa. Traurig dachte sie: Er liebte Kathrin. Sie wollten ein gemeinsames Kind. Sie musste sich ihn endlich aus dem Kopf schlagen. Micha gab ihr zu verstehen, dass Jayden wohl Angst vor dem Alleinsein hatte. „Du bist ihm ein wirklich guter Freund", sagte Liss. „Ich werde mit Jayden sprechen, aber nicht sagen, dass wir über ihn geredet haben."

Sie gingen weiter über den Markt, vorbei am Wohltäterbrunnen, dem Rathaus, weiter durch eine schmale Gasse bis sie schließlich am Brockenweg ankamen. Dort verabschiedete sich Micha scherzhaft: „Bekomme ich keinen Abschiedskuss?" Liss überlegte nicht lange und küsste ihn. Leise fielen Schneeflocken vom Himmel herab. Michael sah sie verdutzt an, legte seine Arme um ihre Hüfte, zog sie näher an sich und begann, ihren Hals zu liebkosen. „Ich kann nicht", brachte Melissa hervor. Sie nahm den Kopf zur Seite und schob Micha von sich. „Ich liebe einen anderen." - „Kenne ich ihn?", wollte Michael wissen. „Es ist Jayden, nicht wahr?" Er sah ihr direkt in die Augen und sie gestand: „Ja, aber du darfst ihm davon nichts sagen. Er ist mit Kathrin zusammen und meine Gefühle gehen nur mich etwas an. Ich komme schon klar." Michael schüttelte den Kopf: „Aus euch soll einer schlau werden." Dann drehte er sich um und ging.

In der Mittagspause am kommenden Tag wollte Jayden von Micha wissen, ob dieser bereits mit Liss gesprochen habe. Sie gingen in die Umkleide und Jay wartete, bis sie allein waren, bevor er Michael drängte, ihm alles zu erzählen. „Sie glaubt nicht, dass es eine Vergewaltigung war und von einer Schwangerschaft hat sie nichts erwähnt. Melissa liebt dich, das hat sie mir anvertraut, nachdem wir uns geküsst haben." - „Verdammt, von Küssen war nicht die Rede Micha! Du solltest nur mit ihr sprechen." Jayden sah seinen Freund wütend an. „Und sie, hat sie den Kuss erwidert? Wie war er auf einer Skala von eins bis zehn?" Micha setzte sich auf die Bank und meinte: „Eine glatte zehn. Als ich dann weiter machen wollte, schob sie mich weg."- „Du wolltest weitermachen? Mensch Micha, du bist mir ein Freund", rief Jay außer sich. „Und du spielst doch nur Spielchen mit der Kleinen. Du bist mit Kathrin zusammen", ermahnte Micha Jayden.

„Das lass man meine Sorge sein. Ich werde mich persönlich um die Kleine kümmern." Micha sprang von der Bank auf und ging einen Schritt auf Jayden zu: „Lass die Finger von ihr! Jay, ich warne dich, sonst sind wir keine Freunde mehr." Jayden schrie ihm ins Gesicht: „Du bist wohl verknallt in die Kleine, was? Was findest du denn an *ihr*?" In diesem Moment betrat Melissa die Umkleidekabine. „Wenn es hier um mich geht, müsst ihr euch nicht streiten." Jayden sah sie verlegen an. Er wollte Micha nur aus der Reserve locken und wollte nicht, dass Liss das mitbekommt.

„Du hast ja eine hohe Meinung von mir, Jayden", sagte sie mit ernster Stimme. „Das habe ich doch gar nicht so gemeint, glaub mir", wollte er sich entschuldigen. „Du kannst dir deine Entschuldigung sparen." Dann wandte sie sich an Micha, der neben Jayden stand. „Ist schon gut Micha. Ihr seid Freunde, also streitet euch nicht meinetwegen." Sie drehte sich um und ging. Auf dem Heimweg dachte sie lange über Liebe und Freundschaft nach. Sie wollte auf keinen Fall, dass die beiden sich ihretwegen entzweien.

Beste Freunde

Ihr seid beste Freunde
und sollt es auch bleiben
ich muss mich gar nicht
zwischen euch entscheiden

Ich liebe ihn
mehr als mein Leben
du bist mir ein Freund
hast Halt mir gegeben

Ich war so verzweifelt
habe Geborgenheit vermisst
im Grunde weiß ich
wie wertvoll Freundschaft ist

Meine Liebe ist
mit dem Herzen vergeben
unsere Freundschaft kann
daneben weiter leben

Ihr seid beste Freunde
ich achte das sehr
drohe ich das zu zerstören
kenne ich euch beide nicht mehr

Die angespannte Stimmung zwischen Michael und Jayden beruhigte sich mit der Zeit wieder und Liss bereitete sich auf die diesjährige Weihnachtsfeier der Firma vor. Sie sollte wieder im Harzer Kultur- und Kongresszentrum stattfinden. Geladen waren alle Kollegen mit Partner. Nancy und Melissa zogen ein Teil nach dem anderen aus dem Schrank und probierten verschiedenes davon an, bis sie sich endlich jede für ein Outfit entschieden hatten. „Hey Melli, dieser schwarze enge Strickrock und das smaragdgrüne Top dazu, du siehst zum Anbeißen aus" triumphierte Nancy. „Danke, du siehst auch toll aus. Wo hast du bloß dieses heiße Kleid gekauft?", wollte Liss wissen. Nancy trug ein schwarzes, enges Kleid mit tiefem Ausschnitt und dazu einen breiten Ledergürtel. Sie erzählte Liss von ihrem Einkaufsbummel mit ihrer Mutter in Braunschweig. Melissa dachte gerade an ihre Eltern und wie lange sie sie schon nicht mehr gesehen hatte, als Nancy fragte: „Du ziehst doch heute deine schwarzen Pumps an? Die passen großartig zu dem Rock." - „Naja, eigentlich wollte ich tanzen und flache Schuhe tragen." Liss zeigte auf die schwarzen flachen Treter, die sie zu gern zur Disco trug. „Kommt gar nicht in Frage, diese alten Dinger. Du bist eine erwachsene Frau und trägst zur Feier des Tages besser Hackenschuhe." Nancy holte die Schuhe aus dem Schrank und hielt sie Melissa hin. „Kann es losgehen?" Nancy wurde ungeduldig. „Einen Moment noch, ich muss noch meinen Brief an Gina mitnehmen." Nancy schaute auf die Uhr, holte die Jacken der beiden und sagte: „ Micha fährt uns mit dem Auto und wartet sicher schon. Den Brief steckst du unterwegs ein."

Micha saß im Golf seines Bruders und hörte Musik, als Liss und Nancy Hand in Hand auf dem Parkplatz aufkreuzten. Nancy öffnete die linke hintere Tür des Pkw und meinte: „Melli, du kannst vorn sitzen." Liss begrüßte

Micha mit einem Lächeln. „Auf geht´s Mädels, den Letzten beißen die Hunde." Sie fuhren zum Kulturzentrum. Michael suchte einen Parkplatz und Melissa einen Briefkasten. Beide fanden, was sie gesucht hatten und gingen anschließend gemeinsam in die Empfangshalle des Gebäudes. Nancy begrüßte gerade ihre Kollegen, als Sven Liss und Michael hereinkommen sah und lauthals von sich gab: „Was für ein niedliches Paar ihr doch seid, meine Lieben." Die Kollegen schauten in Richtung Eingang. Liss konnte schlecht laufen in ihren Pumps und meinte leise zu Michael: „Lass mich bloß nicht los, sonst falle ich noch hin." Linker Hand war eine Garderobe und die beiden steuerten direkt darauf zu. Als Melissa die Jacke ausgezogen hatte, sah Micha sie von oben bis unten staunend an: „Frau Lindemann, sie sehen einfach fantastisch aus." „Das Kompliment kann ich nur zurückgeben", betrachtete Liss ihren Kollegen. Micha trug eine schwarze Jeans und ein dunkelblaues Hemd. Sie sah ihn ja sonst nur in Arbeitsklamotten und war merklich angetan.

Aus dem Saal erklang leise Tanzmusik. Die Kollegen aus Quedlinburg grüßten freundlich, als sie an ihnen vorbei in den Saal gingen. „Komm, sonst sind die besten Plätze weg." Michael nahm Melissas Hand und manövrierte sie sich über den Parkettfußboden des Saales. Liss drückte die Schultern nach hinten, hielt den Kopf aufrecht und setzte gekonnt ein Bein vor das andere. Geht doch, dachte sie. Die meisten Kollegen waren ihr mittlerweile vertraut, aber deren Frauen kannte sie nicht. Interessiert schaute sie in die Runde. Die Tische waren rings um die Tanzfläche aufgestellt und mit Blumensträußen liebevoll geschmückt. Das Büfett war auf der linken Seite angerichtet.

Allmählich füllte sich der Saal und sie waren an einem Tisch direkt gegenüber der Eingangstür angekommen. Von hier aus hatten sie einen wunderbaren Blick, dachte sie, und setzte sich neben Micha auf einen Stuhl. „Bin gleich wieder da", hörte sie diesen rufen und sah ihn davonstürzen. Was ist denn in den gefahren, dachte sich Liss und beobachtete weiter die Paare. Da trat Markus mit seiner Frau in ihr Blickfeld. Melissa bekam sichtlich Beklemmungen und wäre am liebsten im Boden versunken, als die beiden auf sie zukamen. Frau Langer war zierlich gebaut, hatte kurze hellbraune Haar und braune Augen. Sie trug ein weißes Cocktailkleid und er einen hellen Anzug. „Ist hier noch frei?", fragte Markus höflich. „Leider nein, hier sitzt Michael und Nancy kommt auch noch zu uns", wies Melissa die Zwei ab.

„Komm Liebling, dahinten sehe ich noch einen leeren Tisch", hörte sie Frau Langer sagen und die beiden zogen davon.

Liss war erleichtert, als Micha endlich wieder da war. „Wo warst du denn? Ich konnte gerade noch ein Unheil abbiegen und Markus mit seiner Ehefrau vom Tisch fernhalten", flüsterte sie aufgeregt. „Ich musste noch das Mikrofon vom Rednerpult anschließen." Liss schaute sich suchend um und entdeckte rechts auf einem Tisch ein Pult mit Mikrofon. Herr Meyer stand hinter dem Tisch und hatte einen Zettel in der Hand. Er würde gleich eine Rede halten und Liss setzte sich aufrecht hin.

In diesem Augenblick sah sie die beiden, Jayden und Kathrin, Hand in Hand den Saal betretend. Melissa fühlte sich grauenvoll. Sie bekam feuchte Hände und rutschte unruhig auf ihrem Stuhl hin und her. Wie konnte sie sich nur mit dieser Frau vergleichen? Kathrin trug ihren sexy schwarzen Lederrock und ein dazu passendes Oberteil, ebenfalls aus Leder. Ihr Haar schlängelte sich um ihre tadellose Figur. Auf hohen Haken spazierte sie neben

Jayden über das Parkett. Dieser hatte ein schwarzes Jackett über einem türkisblauen Hemd mit einer schwarzen Anzughose an und sah umwerfend darin aus. Liss konnte die Augen gar nicht von ihnen abwenden. Micha bemerkte das und stupste sie leicht am Arm an. „Hey, aufwachen. Da spielt die Musik." Er zeigte auf das Rednerpult. Als Melissa wieder zu Kathrin und Jayden sehen wollte, waren die bereits in der Menge verschwunden. Herr Meyer begann seine Rede. Er begrüßte die Kollegen auf das Herzlichste, lobte deren Arbeitseinsatz im letzten Jahr und sprach dann über einzelne Baustellen und deren Fertigstellung. Er sei zufrieden mit dem Ergebnis und wünschte allen ein frohes Weihnachtsfest sowie ein gesundes neues Jahr. Das Büfett wurde für eröffnet erklärt.

Eine Stunde später, die Tanzfläche war gut besucht, forderte Melissa Michael zum Tanzen auf. Der sah sie entgeistert an. „Was ist Micha? Ich will nicht mit dir schlafen, sondern nur mit dir tanzen", bekräftigte Liss ihre Aufforderung. Langsam erhob er sich und die beiden gingen um den Tisch herum auf die Tanzfläche. Ein schneller Titel wurde von einem ruhigen Lied abgelöst. Michael sah Liss fragend an und sie waren sich einig, diesen Titel noch gemeinsam zu tanzen. Sie sah über Michas Schulter hinweg Jayden und Kathrin die Tanzfläche betreten. Kathrin schlang ihre Arme um Jays Schultern und zog ihn dicht an sich heran. Melissa krampfte sich das Herz zusammen. Wie gern wäre sie jetzt an Kathrins Stelle, würde sich an ihn schmiegen und seinen Duft einatmen. Sie würde seine Wärme spüren und dem Herzschlag lauschen. Jayden fing genau diesen sehnsuchtsvollen Blick von ihr ein, als er zu ihr hinsah und für den Moment fühlte sich Liss ihm nah wie lange nicht mehr. Micha bemerkte Melissas Verträumtheit, da sie nicht auf seine Frage reagiert hatte.

Er sah sich um und wusste sofort, weshalb Liss abgelenkt war. Jayden grüßte ihn von weitem und Kathrin winkte ihm kurz zu. So kann das nicht weitergehen, dachte Micha, sagte aber nichts. Sie verließen die Tanzfläche und Melissa wollte kurz Luft schnappen im Eingangsbereich. Dort herrschte reger Andrang und, als Liss gerade wieder gehen wollte, stand plötzlich Kathrin vor ihr.

„Lange nicht gesehen, Fräulein Lindemann. Ich hoffe mein Freund ist dir nicht wieder zu nahe getreten." - „Nein, wir reden nur", antwortete Melissa schnell. Kathrin wurde neugierig. Sie war von Sven in der letzten Zeit auf dem Laufenden gehalten worden und wollte es genau wissen: „Worüber redet ihr denn ständig, mein Schatz und du?" - „Er hat mir erzählt, dass sie sich ein Kind von ihm wünschen.", log Liss. Kathrin sah sie fassungslos an, als in diesem Moment Jayden hinter den beiden auftauchte: „Na, worüber redet ihr zwei Hübschen?" - „Das könnte ich dich genauso gut fragen. Wie kommst du dazu mit dieser Person über unser Privatleben zu sprechen?" - „Was habe ich?" Jayden kniff die Augen zusammen und sah Liss fragend an. „Ich habe noch vergessen zu erwähnen, wo du mich am liebsten sehest", fügte diese provokant hinzu. „Und das wäre?", fragte Michael, den Melissa gar nicht hatte kommen sehen. Jayden sah aus, als hätte ihn der Schlag getroffen. Seine Blicke durchbohrten Liss. „Weißt du nicht mehr, Jayden, auf dem Grund des Meeres mit einem Stein am Fuß." Seine Erleichterung war spürbar, für diese Wendung des Gespräches war er Liss dankbar. Doch Melissa war in Rage und stichelte weiter: „Schön, dich so verliebt zu sehen, genau deshalb hast du mir das auch gesagt, stimmt ́s?" Jayden entgleisten die Gesichtszüge. Wie konnte er Liss jetzt nur stoppen? Kathrin wandte sich wieder an Melissa: „Was genau meinst du damit? Was hat er gesagt?" - „Willst du es ihr sagen oder soll ich, Jayden?" Micha legte schützend den Arm um Melissas Schulter. Kathrin sah fragend zu Jay: „Kannst du mir mal erklären, was hier los ist." Jayden atmete schwer und hob die Schultern. „Raus damit, was hat er dir gesagt?" Kathrin schaute Liss an, als wäre sie ein abscheuliches Ungeziefer. Melissa hielt dem Blick stand und sagte schließlich: „Er hat gesagt, wie war das doch gleich? Ach ja, er sagte, ich liebe Kathrin." Diese strahlte Jayden glücklich an. „Ist das wahr, Schatz?" - „Wenn die Kleine das sagt, wird es schon stimmen." Jayden war gar nicht wohl in seiner Haut. Kathrin ging auf die Toilette und Melissa vor die Tür.

Jayden folgte ihr nach draußen. „Sag mal, was ist in dich gefahren?", fuhr er sie an. „Guter Einwand, Jayden, das habe ich mich auch so manches Mal gefragt." Er zog sie ein Stück von der Tür weg auf den Gehweg und meinte: „Lass den Scheiß! Es tut mir leid, wie das zwischen uns gelaufen ist, dass musst du mir glauben." - „Was genau tut dir Leid, Jayden?" Er sah sie flehend an. „Bitte Melissa, was willst du von mir hören?" Sie reagierte überrascht: „Seit wann kennst du meinen Namen und benutzt ihn sogar mir gegenüber?" Als Michael, der in der Tür stand, die beiden draußen wieder zusammen sah, ging er hastig zurück in den Saal.
Jayden schaute indes Liss an und sagte: „Lass uns doch endlich Frieden schließen und die ganze Sache vergessen. Das ist das Beste für alle Beteiligten." Melissa war außer sich: „Die *Sache vergessen*, da machst du dir das aber einfach." Jayden nahm ihren Arm und sagte dann: „Geh besser wieder rein, du zitterst ja wie Espenlaub. Ich rauche noch eine" Liss war durchgefroren und stimmte zu. Sie ging ins Gebäude und Jayden zündete sich eine Zigarette an.
Melissa kam gerade aus dem Saal und war auf dem Weg zur Garderobe, als ihr Jayden entgegenkam. „Geh du gleich zu

deinem Schneewittchen, sie wartet sicher schon ungeduldig auf dich", ließ Liss ihn wissen.

Einige Minuten später, sie wartete immer noch auf ihre Garderobe, näherte sich Jayden ihr von hinten, packte ihren Arm und zog sie zu sich herum. „Warum hast du das getan? Du hast mir versprochen, Kathrin nichts über uns zu sagen."- „Was über uns?", fragte sie überrascht. „Tu doch nicht so unschuldig. Du weißt, wovon ich rede. Kathrin hat es mir eben gerade gesagt, du hast ihr alles erzählt." - „Das ist gelogen. Ich habe ihr gar nichts erzählt, aber du solltest es tun, sonst überlege ich es mir noch anders. „Sie weiß etwas, wer kann ihr sonst etwas erzählt haben? Micha? Nein, warum sollte er?"

„Sag du ihr endlich die Wahrheit, Jayden", verlangte Liss. Er sah sie verzweifelt an: „Kathrin ist schwanger, Melissa, verstehst du?" - „Oh, gratuliere Papa", meinte Liss. „Du denkst, es ist von mir?" Jayden sah sie ungläubig an. „Frag sie doch, da kommt sie gerade." Liss wandte sich zurück zur Garderobe. Kathrin war also schwanger. Das, was Jayden sich gewünscht hatte. Nun hatte sie ihn endgültig verloren. Melissa wollte nur noch weg hier.

Jayden ging auf seine Freundin zu und erklärte: „Ich muss dir etwas sagen, Kathrin." Er holte tief Luft: „Kurz nach meinem zwanzigsten Geburtstag hatte ich Sex mit einer anderen. Sie war damals erst sechszehn Jahre alt und wir haben uns im Wald geliebt. Sie wollte erst nicht, doch dann..." Seine Stimme wurde leiser: „Ich hätte sie nicht dazu bringen dürfen. Es ist einfach passiert. Tut mir leid, Kathrin. Ich wollte dir das längst sagen, aber ich hatte Angst, dass du mich verurteilst." Kathrin sah ihn wütend an und warf ihn vor, ein Kinderschänder zu sein. „Sex mit einer Minderjährigen, Jayden, hatte sie schönere Brüste als ich, ja? Wer war sie und was soll das heißen, ihr habt euch geliebt?" Jayden antwortete ihr lautstark: „Sicher, sie war jung, deshalb bin ich in deinen Augen also ein Verbrecher?" – „War sie sexy?", wollte Kathrin wissen. „Kathrin bitte, sie hat mich angemacht."

„Wie kann sie dich anmachen, wenn du sie nicht attraktiv findest?", entgegnete sie. „Das habe ich doch gar nicht gesagt. Es war ihre Art", antwortete Jayden. „Treibst du es jetzt schon mit ihrer Art?" Kathrin sah sich erbost um. Sie hatten jede Menge Publikum, denn der Eingangsbereich füllte sich nun mit Schaulustigen. Michael sah zu Liss herüber, die immer noch an der Garderobe stand und verblüfft mithörte.

„Haben wir deshalb so selten Sex, bin ich nicht gut genug für dich?" harschte Kathrin Jayden an. „Rege dich bitte nicht so auf, denk doch an unser Baby", versuchte Jayden sie zu beruhigen.

„Wer sagt denn, dass es von dir ist? Selbst, wenn ich´s mit der gesamten Fußballmannschaft treiben würde, was kümmert es dich?" Kathrin sah Jayden herausfordernd an. Doch der blieb ruhig: „Wenn du mich auch ab und zu mal ran lässt." Liss konnte dieses Schauspiel nicht länger ertragen. Sie ging zu den beiden: „Habt ihr kein Zuhause, in dem ihr euch streiten könnt? Das will doch keiner hören", entfuhr es ihr mit Tränen in den Augen. Liss war außer sich. Sie wollte diesen Streit nicht länger miterleben. „Was ist denn mit der los, hat die einen Schaden? Die sollte mal einen Arzt aufsuchen" schrie Kathrin. „Lass sie in Ruhe, wenn du sie beleidigst, beleidigst du mich. Willst du mich beleidigen, Kathrin?" Jayden stemmte die Hände in die Seiten. Melissa zitterte vor Aufregung und war kreidebleich im Gesicht.

Kathrin hob den Kopf und schrie erneut: „Sie ist war es, nicht wahr. Ich lass mir doch von der kleinen Schlampe nicht den Freund ausspannen. Ich bekomme ein Kind, Jayden, schon vergessen?" - „Aber ich bin nicht der Vater des Kindes, dass weißt du genauso gut wie ich. Wir wissen beide, dass du mich betrügst, und dass nicht erst seit gestern. Also mach hier nicht solch ein Theater." Kathrin sah Jayden selbstsicher an und fragte: „Und du glaubst, du hast die Liebe gefunden, damals im Wald?" Jayden blinzelte: „Das weiß ich nicht, aber ich werde es herausfinden." Kathrin blickte nun flehend: „Aber ich liebe dich doch."

Die Andere

Die Andere ist begegnet dir
hat dich verführt, entfremdet mir
komm zurück, bleib nicht bei ihr,
der Anderen

Sie liebt dich nicht, nicht so wie ich
aufgeben werde ich dich nicht
weil ich dein war, denn du liebtest mich
vor ihr, der Anderen

Sie hat dich ohne Zögern mir entzogen
unser Leben war bisher ausgewogen
wortlos haben wir uns blind verstanden
Anstand, der kommt ihr abhanden,
der Anderen

Soll sie denn all die Jahre zerstören
ich kann und werde nicht aufhören
zu kämpfen um unsere Liebe
weil mir nicht einmal die Würde bliebe
wenn du jetzt gehst zu ihr,
der Anderen

Vergiss die Andere, nicht mich,
denn hier spreche ich, die Andere

Jay drehte Kathrin den Rücken zu, verließ den Eingangsbereich und ging ins Freie. Dort zündete er sich eine Zigarette an und nahm einen tiefen Zug. Liss hatte die letzten Sätze nicht mehr mitbekommen. Sie war ebenfalls vor die Tür gegangen, weil sie das Gefühl hatte, keine Luft mehr zu bekommen. Sie stellte sich neben Jayden, der einige Meter weiter auf dem Plattenweg im Schnee stand, und fragte: „Warum hast du Kathrin angelogen. Du solltest doch die Wahrheit sagen und nichts erfinden. Sie denkt doch jetzt sonst was von uns." - „Das war die Wahrheit, Kleines", schaute er ihr tief in die Augen. „Deine Wahrheit vielleicht. Woher willst du denn wissen, ich meine, es ist Jahre her." – „Erinnerst du dich denn gar nicht?", Jayden war verblüfft. Melissa fiel das Atmen schwer und sie fror erbärmlich: „Es ist wie ein Traum, ich weiß nicht einmal mehr, ob es wirklich passiert ist." Jayden wollte noch etwas sagen, doch er schwieg. Liss sah verzweifelt zu Boden und hielt sich mit ihren Armen warm, als Micha aus der Tür kam: „Geht es dir gut, Liss? Ich bring dich jetzt besser zurück ins Wohnheim, sonst holst du dir noch eine Erkältung." – „Du kommst mir gerade recht, Micha. Was hast du Kathrin erzählt und vor allem warum?" Michael erklärte Jayden, dass er es nicht mehr mit ansehen konnte, wie alle Beteiligten litten und wir doch bitte schön bei der Wahrheit bleiben sollten. Nun wisse wenigstens jeder, woran er sei. Jayden klopfte ihm auf die Schulter: „Hast ja recht, ist schon gut."

Melissa war auf dem Weg zur Tür, um ihre Jacke zu holen, als sie mit ihren Pumps stolperte und der Länge nach in den Schneematsch stürzte. „Liss, um Gottes Willen, komm ich helfe dir!" Michael nahm ihren rechten Arm und gab ihr Halt. Jayden packte ihren linken Arm und so konnte sie aufstehen. Sie sah völlig verdreckt aus und ihre Hände waren aufgescheuert. „Alles in Ordnung?", fragte Jayden und meinte dann mit fürsorglichem Ton: „Du kommst jetzt erst einmal mit zu mir, da kannst du dich aufwärmen und ich gebe dir etwas Sauberes zum Anziehen. Micha wagte nicht zu widersprechen. „Ich hole dir deine Jacke und dann das Auto, bin gleich zurück." - „Das geht doch nicht, was ist mit Kathrin?", sagte Liss mit zitternder Stimme. „Die kommt schon zurecht, mach dir mal darum keine Sorgen. Das ist immer noch meine Wohnung und ich bestimme, wen ich dorthin mitnehme." Im Moment war Liss alles recht, denn sie fühlte sich furchtbar. Anschließend kauerte sie sich auf die Rücksitzbank des Pkw. Jayden stieg vorn ein und Michael steuerte das Auto geradewegs in die Friedrichstraße. Melissa fror immer noch stark und ging mit Jayden ins Haus, nachdem sie sich von Micha verabschiedet hatten. Dieser hatte ihnen den Pkw dagelassen. Die paar Meter könnte er laufen, hatte Michael gemeint. Das Auto könne Jayden ihm am nächsten Tag zurückbringen.

Kapitel 11 – Gefühle in Aufruhr

Liss konnte gar nicht so schnell klappern, wie sie fror. „Ich mach uns gleich einen heißen Tee, vorher zeige ich dir das Bad, da kannst du duschen. Saubere Handtücher liegen im Schrank unter dem Waschbecken." Er ging voraus die Holztreppe hinauf und öffnete für die Dame die Badezimmertür. Sie folgte ihm und bedankte sich höflich. „Wenn du etwas brauchst, ruf mich einfach." Jayden strich ihr eine Locke aus dem Gesicht, drehte sich langsam um und schloss die Tür hinter sich. Liss zog sich die nasse Kleidung aus, legte diese auf den Waschtisch und ging in die Duschkabine. Sie ließ das Wasser über ihren Körper rieseln und genoss es. Beim Einschäumen begann sie, eine Melodie zu summen. Allmählich wurde ihr wieder warm. Mit geschlossenen Augen entspannte sie sich, als sie plötzlich Jays Stimme hörte: „Ich will nicht stören, doch ich habe dir etwas zum Anziehen mitgebracht." Liss reagierte panisch. Sie versuchte, sich mit den Händen zu bedecken. Mit krächzender Stimme rief sie: „Kannst du nicht anklopfen?" – „Habe ich doch. Du hast es nur nicht gehört." Jayden setzte sich auf einen Hocker und sah sie schweigend an. Ihr wurde bewusst, dass er nicht gehen würde. Deshalb kam sie zögerlich aus der Dusche und fischte nach dem Handtuch, welches sie sich vorher zurechtgelegt hatte. Dabei sah sie flüchtig in den Spiegel. „Wie sehe ich denn aus?", rief sie erschrocken. „Du siehst gut aus", hörte sie Jays tiefe Stimme erneut. Er war völlig ruhig und scheinbar entspannt. „Nichts, was ich nicht schon einmal gesehen hätte", grinste er verschämt. Er stand auf und kam auf Melissa zu, die sich hinter dem Handtuch verbarg. Er hielt ihr das saubere Hemd hin: „Hier, das kannst du anziehen." Seine Hand berührte fast ihren Busen. Zwischen ihm und ihr

war nur ein Hauch Stoff, was Liss äußerst beunruhigte. Jayden blieb gefasst: „Ich werde deine Sachen waschen und in den Trockner schmeißen, dann kannst du sie nachher wieder nehmen." Liss hatte das Gefühl, das Gleichgewicht zu verlieren, als sie seinen Atem auf ihrer Haut spürte. Jayden streckte die linke Hand aus, Melissa hielt die Luft an, als er an ihren Körper vorbei griff und die schmutzigen Sachen vom Waschtisch nahm. „Keine Sorge, ich werde dich nicht anfassen." Liss sichtlich enttäuscht: „Ich weiß, dass ich nicht besonders aufregend bin." Jayden legte die Sachen zurück auf den Waschtisch, nahm ihr Gesicht zwischen seine Hände und richtete es auf den Spiegel. „Sieh dich an. Du bist aufregend, eine Naturschönheit, einfach bezaubernd." Sie schlang sich das Handtuch rasch um und legte ihre Hände auf die seinen. Melissa konnte die Tränen nicht zurückhalten. Schluchzend stand sie vor dem Spiegel.
Wie gern würde Jayden jetzt seine Gefühle für diese schöne, junge Frau beschreiben.

Wenn ich keine Worte finde

Wenn ich nicht die Worte finde
die dir sagen, was mich berührt
wenn sie verwehen mit dem Winde
ich verschweig, was ich gefühlt

Wie soll ich dir mein Inneres zeigen
so mir das Wort in der Seele glimmt
kann die Gefühle nicht beschreiben
werde vom Schweigen überstimmt

Ich kann nicht sagen, wie ich fühle
nicht dein Herz so tief berühren
wenn ich nur Worte finden würde

und könnt ich sie dir präsentieren

*Wie kann ich ein Gefühl beschreiben
was unbeschreiblich für mich ist
werde dir Worte schuldig bleiben
obwohl du mir das Liebste bist*

„Ach Kleine, du machst dir viel zu viele Gedanken. Du bist, wie du bist, einfach bezaubernd." - „Aber nicht zu vergleichen mit Kathrin, nicht wahr?", bedauerte Liss. „Nein, kein Vergleich", bestätigte Jayden verträumt. Liss schob erbost seine Hände weg, nahm ihre schmutzigen nassen Sachen und begann, sich hastig anzuziehen. „Was machst du? Willst du dich nicht wenigstens vorher abtrocknen?" „Nein", fuhr sie ihn an. Sie zog gerade den Rock an, als er ihr das Hemd wieder vor die Nase hielt. „Zieh das bitte über und dann komm runter. Wir trinken erst einmal eine Tasse Tee. Auf dem Flur, die braunen Hausschuhe, die kannst du anziehen." Dann ging Jayden aus dem Bad und die Treppe hinunter. Liss streifte das Hemd über, wusch sich noch einmal das verweinte Gesicht und ging in den Flur. Dort sah sie die Latschen und schlüpfte hinein. Vor dem Schuhschrank standen auch ein Paar alte Turnschuhe. Melissa erkannte sie, als die Schuhe, die er damals getragen hatte. Bilder und Szenen gingen ihr durch den Kopf. Wie er vor ihr stand, wie fasziniert sie war, sie sich stritten und liebten. Sie schwankte leicht. Plötzlich schien alles so nah und real zu sein. Wie konnte sie das Geschehene nur all die Jahre verdrängen? Sie hatte sich immer und immer wieder eingeredet, dass nichts passiert ist. Am Ende glaubte sie selbst daran.

So weit mein Gefühl mich trägt

Ich wollte Einhalt mir gebieten
und mich nicht in dich verlieben
das Gefühl in die Ecke stellen
und den Verstand dazu gesellen

Doch das Erleben war unsagbar
mit dir war ich dem Himmel nah
ich bin noch nie so weit geflogen
selbst der Verstand ist abgehoben

So weit mein Gefühl mich immer trägt
weil selbst der Verstand es hier versteht
ich möchte dich in meiner Nähe wissen
dich nicht sehnsuchtsvoll vermissen

Du bist und bleibst mir die Erfüllung
ich sehne mich nach der Berührung
mein kleines Herz fliegt dir entgegen
der wahren Liebe in meinem Leben

Die junge Frau riss sich von dem Anblick der Turnschuhe los, ging vorsichtig die Treppe hinunter und hielt sich dabei am Geländer fest.

Jayden saß am Tisch und war nicht allein. Neben ihm lächelte ihr eine ältere Frau freundlich zu. „Kommen Sie, junges Fräulein, der Tee wird kalt. Mein Junge kann ihnen auch etwas zu Essen holen." Sie sah zu Jayden und sagte: „Geh schon, Jayden, biete der jungen Frau etwas Auflauf an, der steht in der Küche im Kühlschrank. Du kannst ihn in der Mikrowelle kurz erwärmen." Jayden murrte und verschwand in der Küche. „Junge Dame, sie setzen sich so lange zu mir und leisten mir Gesellschaft, nicht wahr?" Liss stieg langsam die Stufen herunter, nahm einen Stuhl und setzte sich. „Wie ist ihr Name?", fragte die ältere Frau höflich. „Ich heiße Lindemann, Melissa Lindemann." Die Frau reichte ihr die Hand und meinte: „Mein Name ist Edith Meißner, freut mich, sie kennenzulernen. Sind sie mit Jayden befreundet?" Liss schüttelte hastig den Kopf. „Wir sind nur Arbeitskollegen, das heißt, ich bin Auszubildende im Baubetrieb Meyer."

Sie nahm vorsichtig die Tasse und trank einen Schluck Tee. Das tat so gut. Dabei sah Melissa zu Frau Meißner hinüber und in grüne, gütige Augen, in einem von blondem Haar umrahmten Gesicht.

„Sie müssen sich vor meinem Jungen in Acht nehmen. Er ist nämlich ein Frauenschwarm und verdreht jeder den Kopf. Wissen sie, er hat schon lange keine so nette Frau mehr mit nach Haus gebracht. Nicht wahr, Jayden?" Dieser kam mit drei Tellern Auflauf aus der Küche und nickte der Frau lächelnd zu. „Ist mir Frau Lindemann nicht sehr ähnlich? Was meinst du, Junge?" Liss lächelte zaghaft und sah zu Jayden auf. „Ja, sie könnte deine Tochter sein, rein vom Typ her." - „Aus welcher Gegend kommen sie?", fragte Frau Meißner interessiert. „Sie kommt aus der Dübener Heide" antwortete Jayden rasch. „Sieh mal einer an, eine Kleine aus der Heide." Melissa aß den Teller leer und bedankte sich. Frau Meißner legte ihre Hände auf die von Melissa und sagte: „Ach, Liebes, es hat mich gefreut." Sie stand auf und fügte hinzu: „Jayden zeige der jungen Dame doch dein Wohnzimmer! Dort ist es gemütlicher als hier am Tisch." Sie zwinkerte Liss zu: „Keine Sorge, er ist ein anständiger Junge." Melissa musste schmunzeln und folgte Jayden mit ihrem leeren Teller in die Küche, bevor sie dann wieder die Holztreppe hinauf gingen. Jays Wohnzimmer war stilvoll und modern eingerichtet. Am Fenster standen ein großer Lehnsessel und daneben ein kleiner Tisch mit zwei weißen Stühlen. Gegenüber vom großen Bett in der Mitte des Raumes stand ein weißes Sideboard vor hellbrauner Tapete. Liss starrte auf das große Boxspringbett und meinte: „Das ist also dein Wohnzimmer. Schön, wirklich schön." Jayden lächelte sie an und schloss die Tür. Er setzte sich auf das Bett, klopfte mit der Hand neben sich und sagte: „Komm, setz dich doch!" Liss ging zum Bett und ließ sich erschöpft fallen. „Du bist süß, weißt du das?" Sie schüttelte den Kopf. „Ich bin so müde, ich könnte auf der Stelle einschlafen", flüsterte Liss. „Du kannst heute hier bleiben. Ruh dich aus. Ich werde auf dem Sessel schlafen, das heißt, ich kann sowieso nicht schlafen." - „Was ist mit Kathrin?", fragte Liss mit letzter Kraft. Jayden ging zur Zimmertür und schloss sie von innen ab. „Ich glaube nicht, dass sie den Mumm hat und hier heute Nacht noch auftaucht." Melissa drehte sich auf die Seite und schlief ein. Jayden setzte sich in den Lehnsessel und rauchte eine Zigarette. Er sah ihr von dort beim Schlafen zu und spürte tiefe innere Zufriedenheit.

Solang mein Herz für dich schlägt

Ich habe dir beim Schlafen zugesehen
du warst so wunder-, wunderschön
konnte die Augen nicht von dir nehmen
ich werde dir im Traum begegnen
gemeinsam zu den Sternen schweben
ein Anfang für ein erfülltes Leben
ohne dich habe ich nicht wirklich gelebt
vereint, solang mein Herz für dich schlägt

Am nächsten Morgen wusste Liss erst nicht, wo sie war. Sie schaute sich ängstlich um, dann unter die Bettdecke und atmete auf, als sie zwar knapp, aber bekleidet war. Ihr wurde bewusst, dass sie bei ihm war, in seinem Bett. Sie hatte tief und erholsam geschlafen, so gut, wie lange nicht mehr. Jayden kam mit einem Frühstückstablett und wünschte ihr einen guten Morgen. „Ich wusste nicht, was du magst, da habe ich Verschiedenes gemacht." Er lächelte sie an und konnte die Augen nicht von ihr lassen. „Hast du gut geschlafen?" Liss streckte sich und meinte: „Viel zu gut, danke, und du?" - „Ich habe nachgedacht." Sie aß das Frühstück und genoss die heiße Schokolade. Anschließend ging sie ins Bad und machte sich frisch.

Jayden legte derweil einen Film in den DVD-Player. „Jetzt schon fernsehen?", fragte Liss überrascht, als sie zurückkam. „Ich möchte dir etwas zeigen und deine Meinung darüber hören." Gespannt sah Melissa auf den Fernseher, und setzte sich. Sie hatte mit allem gerechnet, doch nicht mit einem Porno. Liss wandte sich angewidert ab und rief: „Mach das aus, das ist ja ekelhaft." - „Sieh hin", forderte Jayden sie auf. „Kannst du dir so etwas vorstellen?" Melissa sah kurz zum Film. „Widerlich, völlig ohne Gefühl. Du kannst mir nicht weiß machen, dass das schön ist. Mach das endlich aus!" Jayden nahm die DVD aus dem Gerät und schaltete den Fernseher aus. „Meinst du, es war so zwischen uns? Purer Sex, sonst nichts?" Liss schüttelte tränenverhangen den Kopf. „Glaubst du, dass es eine Vergewaltigung war?" Jay ging zum Fenster und schaute nachdenklich heraus. „Nein, Jayden, du hast mich nicht gezwungen. Ich wollte das doch." Sie ging zu ihm und legte ihre Hand auf seine Schulter. „Du kannst, nein, du musst mir glauben, es war doch wunderschön für mich. Du hast mir nicht wehgetan." Er drehte sich mit Tränen in den Augen zu ihr um und sah sie verloren an. „Ich habe all die Jahre gedacht, ich hätte", sagte er leise. „Ich könnte mir das nie verzeihen." Liss streichelte seine Wange, bevor sich ihre Münder zu einem zärtlichen Kuss fanden. „Du hast mir so gefehlt." Er legte seine Arme um ihre Hüften und hielt sie fest umschlungen. Sie spürte seinen Herzschlag und seine Wärme. Ein unglaubliches Glücksgefühl durchströmte sie. Liss schien am Ziel ihrer Träume, als plötzlich Kathrin in der Tür stand. „Störe ich?", fragte sie mit boshafter Stimme. Jayden hielt Melissa fest und fragte Kathrin: „Was machst du denn hier? Wenn du deine Sachen holen willst, lass dich nicht aufhalten." Kathrin sah ihn vorwurfsvoll an: „Die ist doch viel zu jung für dich. Du kannst sie nicht glücklich machen, Jayden." - „Das lass meine Sorge sein. Ich werde es versuchen."

Kathrin steigerte sich in ihre Wut und schrie: „Und, was war ich für dich all die Jahre, ein williges Sexobjekt?" - „Das ist nicht wahr, aber wenn du es so sehen willst, Kathrin?", erwiderte er gelassen. Liss löste sich aus der Umarmung und setzte sich auf einen Stuhl. Kathrin war außer sich vor Eifersucht: „Sex, das ist alles, was du drauf hast, Jay." Nach einer kurzen Pause fügte sie hinzu: „und nicht einmal das." Jayden ging mit großen Schritten auf Kathrin zu und schob sie rückwärts durch die Tür. Kathrin kam ins Straucheln und stolperte über das Paar alter Turnschuhe auf dem Flur. Liss sprang auf und presste beide Hände vor den Mund. Dann lief sie zu Jayden, der Kathrin gerade auf half. „Das wollte ich nicht, hast du dir wehgetan?", fragte er. Kathrin lachte lauthals und rief hysterisch: „Wenn ich wirklich schwanger wäre, hättest du jetzt das Kind auf dem Gewissen, mein Lieber." Jayden sah sie traurig und enttäuscht an: „Besser, du gehst jetzt. Deine Sachen kannst du später holen." Kathrin wurde ganz erst: „Du brauchst mich, Jayden, und ich will dich immer noch. Weißt du eigentlich, was du mir antust?"

Du hast - du hasst

Du hasst, du hast mich angespitzt
hast mir die Not ins Herz geritzt
nun blutet es in vollem Schwall
und will die Erd durchtränken
ich will dich so in jedem Fall
werd dir mein Leben schenken

Du hasst, du hast mich blind gemacht
erlieg dem Drang, der Übermacht
lauf schwarz gekleidet durch die Welt
selbst, wenn es dir zu tiefst missfällt
erkenn der Liebe Farbe nicht
du hasst, du hast -ich brauche dich

„Unsere Beziehung ist seit langem nicht glücklich, Kathrin."
Jayden sah sie mitleidig an. Kathrin wand sich ab und
stolzierte die Treppe hinunter, ohne sich noch einmal
umzuschauen. Liss war geschockt. Sie stand da und wusste
nicht, was sie sagen sollte. Auch Jayden war sprachlos. Er
wandte sich um und ging, vorbei an Melissa, zurück ins
Wohnzimmer. Dort nahm er eine Zigarette vom Tisch und
setzte sich in den Lehnsessel.

Liss kam zu ihm, schaute aus dem Fenster und sagte
nichts. Sie stand eine Weile nur dort und sah den tanzenden
Schneeflocken zu. Was hätte sie auch sagen können? Die
Zeit verging. Jayden rauchte eine Zigarette nach der
anderen und meinte zu Liss, die ihn jetzt traurig ansah: „Ich
brauch das Zeug, um runter zu kommen." – Melissa nickte.
„Wir sollten jetzt fahren. Ich muss zurück ins Wohnheim,
sonst geben sie noch eine Suchmeldung heraus."

Gemeinsam gingen sie die Treppe herunter. Am runden
Esstisch saß Frau Meißner und trank Kaffee. Sie begrüßte

die Zwei und lächelte Liss freundlich zu. „Auf Wiedersehen, Frau Lindemann, und passen sie gut auf sich auf, Mädchen." Melissa verabschiedete sich höflich und ging aus der Tür in den kleinen Hof. Jayden kam mit den Autoschlüsseln in der Hand nach und öffnete die Wagentür. „Lass uns ein wenig rumfahren, ich möchte dir noch etwas zeigen, bevor ich dich zurückbringe", schlug Jayden vor. Er wollte sie so lange wie möglich in seiner Nähe haben und ihr noch so vieles sagen.

Wenn Liebe meine Sprache wäre

Wenn Liebe meine Sprache wäre
würde ich sie zelebrieren
um dir zu schenken - dich zu nähren
Lobgesang könnt dich verführen
dich umgarnen und verzaubern
sanfter Regen - Freudentränen
ließen dich vor Wonne schaudern
meine Worte all dein Sehnen
die dich trügen durch die Nacht
flüsternd sanft ein lauer Wind
fändest Halt - so du mal schwach
streichelten dein Seelenkind
das auf einem Schimmel reitet
ob es wohl Erfüllung find
jeder Ton dein Herz dir weitet
den mein Mund in Lieb verkünd

Jayden fuhr die Straßen entlang und steuerte dann den Pkw auf eine Anhöhe. Sie verließen das Auto. Es bot sich ihnen eine überwältigender Ausblick. Liss bestaunte das verträumte Schloss mit seinen zahlreichen kleinen Türmen, welches majestätisch auf einem Berg thronte. „Das ist wie im Märchen, einfach wunderschön." Sie ließ ihren Blick weiter schweifen bis hin zu dem schneebedeckten Gipfel. „Da liegt er, unser Brocken, die höchste Erhebung im Norden Deutschlands", erklärte Jayden. „Ja ich weiß", gab Melissa ihm zu verstehen.

Plötzlich wurde sie still und nachdenklich. „Du vermisst die Heide, nicht wahr." Jay legte seinen Arm um ihre Schulter. „Nein, das ist es nicht. Ich denke, ich könnte mich hier zuhause fühlen." Jayden sah sie liebevoll an. „Das wirst du, glaube mir."

Auf der Rückfahrt zum Wohnheim meinte Liss: „Sie ist wirklich nett, deine Mutter." Jayden lächelte und sagte dann: „Das war meine Großmutter. Sie ist eine wunderbare Frau und du bist ihr so ähnlich."

Kapitel 12 – Auf ein offenes Wort

In den folgenden Monaten war es harmonisch zwischen den beiden. Sie lachten und scherzten viel und verstanden sich blendend. Dies war wohl einigen Kollegen ein Dorn im Auge.

Eines Tages hielt Liss es nicht mehr aus. Sie wurde ständig von Sven und anderen Kollegen, die er wohl angestachelt hatte, angefeindet. Sven bezeichnete sie als „Miststück", welches Kathrin den Freund ausgespannt hätte. Dabei waren sie und Jayden gar kein Paar. Sie vertrauten einander und pflegten eine enge Freundschaft.

Sven nutzte jede Gelegenheit, Liss das Leben schwer zu machen. Sie wollte Jayden damit nicht belasten und suchte allein die Konfrontation mit dem Kollegen. Sie überlegte, wann sie ihn am besten ansprechen sollte und entschied sich für den Club.

An diesem Samstagabend im „Paradise", wollte sie die Chance nutzen, Sven zur Rede zu stellen. Sie sah sich überall im Club um und suchte nach ihm, schließlich war er sonst auch häufig hier, als sie Kathrin am Tresen entdeckte. Liss mischte sich unter die anderen Gäste. Sie wollte von Kathrin auf keinen Fall gesehen werden und dieser Auseinandersetzung aus dem Weg gehen, als Sven gerade zur Tür hereinkam. Er ging auf den Bereich um den Tresen zu, zog Kathrin zu sich und sie küssten sich. Liss traute ihren Augen nicht. Kathrin und Sven, das konnte sie sich wirklich nicht vorstellen. Er war doch gar nicht ihr Typ und schließlich mit Luisa seit Jahren ein Paar. Der Sache wollte sie auf den Grund gehen.

Melissa näherte sich mit schnellen Schritten den beiden. Sven erkannte sie, ließ Kathrin abrupt los und flüsterte ihr etwas ins Ohr. Daraufhin drehte sich Kathrin um und blickte

Liss, die nur noch wenige Meter von ihnen entfernt war, hasserfüllt an. „Na, amüsiert ihr euch gut?", kam Liss gleich zur Sache. „Ich dachte immer, du stehst auf einen anderen Typ Mann", sagte sie zu Kathrin. Die schaute Sven hilfesuchend an. Sven tat das, was seiner Art entsprach. Er wiegelte erst einmal ab: „Gegen ein Begrüßungsküsschen ist doch wohl nichts einzuwenden." Kathrin wies ihn darauf hin, dass er sich Liss gegenüber nicht verteidigen musste, hob das Kinn und ging an Melissa vorbei in Richtung Tanzfläche. „Kommst du, Sven?", rief sie im Gehen. Sven griff Liss am Arm und meinte drohend: „Wir sehen uns noch, Fräulein." Sie antwortete selbstsicher: „Ich hoffe doch, denn ich habe dringend etwas mit dir zu besprechen." Sven sah sie verwirrt an, verschwand dann aber in der Menge.

Am liebsten wäre sie jetzt ebenfalls tanzen gegangen. Doch sie hatte kein Interesse, den beiden erneut zu begegnen. Es wurde die Musik der Achtziger gespielt. Liss bestellte sich eine Cola und trank genüsslich. Dann steuerte Sven wieder geradewegs auf sie zu und sagte: „Komm wir reden draußen, ich bin schon gespannt auf das, was du zu melden hast." Liss stellte ihr Glas Cola auf den Tisch vor sich und ging raus vor die Tür. Sie musste nicht lange suchen. Sven stand etwas abseits vom Eingang.

Es war ein lauer Sommerabend und eigentlich viel zu schön, um ihn sich verderben zu lassen. Doch Melissa musste das ein für alle Mal mit diesem Typen klären. Sie baute sich unmittelbar vor ihm auf und begann: „Hör zu Sven, ich lasse mich nicht länger von dir beschimpfen oder mich als Miststück bezeichnen. Du weißt überhaupt nicht, wovon du sprichst, hast deine Informationen nur vom Hörensagen. Jayden und ich sind Freunde, kein Liebespaar. Es ist seine freie Entscheidung, mit wem er zusammen sein will." Sven verzog den Mund zur Grimasse. „Wie es damals seine freie Entscheidung war, ja?" Liss sah ihn mit ernster Miene an und fragte: „Was meinst du damit?" - „Ach, armes Mädchen, hast doch von nichts eine Ahnung. Jetzt werde ich dir mal flüstern, wie es wirklich war." Er verschränkte die Arme vor der Brust und holte tief Luft. „Wir, ich meine Micha, Jayden und ich, haben damals ausgemacht, dass einer von uns dich rumkriegen muss. Wir haben mit Streichhölzern gelost und Jay war schließlich an der Reihe. Er hat um einen Kasten Bier gewettet, dass er es schafft. Wir hatten unseren Spaß, Liss. Es war lediglich eine simple Wette, die er wohl gewonnen hat, wie ich hörte. Ich schulde ihm also noch einen Kasten Bier, dem guten Jay." Liss holte aus und schlug Sven direkt ins Gesicht. „Das bin ich dir noch schuldig", schrie sie wütend. Sven pustete vor Aufregung und hielt Melissa mit seinen Händen auf Abstand. Diese war stink sauer und wollte ihrer Enttäuschung und dem Ärger Luft machen.

Ein Ordner aus dem Club, der gerade draußen Pause machte, eilte herbei und brachte die Zwei auseinander. „Schluss jetzt, hier wird sich nicht geprügelt." Liss ließ wutschnaubend von Sven ab. Der tönte herum: „Ha, ha, die Kleine, voll hysterisch." Melissa holte ihre Jacke und verschwand in der Nacht.

Am nächsten Morgen war sie völlig übermüdet. Immer wieder hatte sie sich vorgestellt, wie Jayden diese Wette abschloss. War das der wahre Hintergrund gewesen und er wollte jetzt nur gute Miene zum bösen Spiel machen? Heute würde Liss ihn darauf ansprechen. Sie hatte Angst, war aber darauf bedacht, die Wahrheit zu erfahren. Sie rief Michael an und bat ihn, mit Jayden am Nachmittag so gegen 15.00 Uhr ins Café am Markt zu kommen. Dort waren sie auf neutralem Boden und keiner würde die Nerven verlieren. Der Marktplatz war gut von Touristen besucht. Liss stand bereits kurz vor 15.00 Uhr vor dem Café und wartete. Was würde sie wohl jetzt erfahren? Michael und Jayden kamen die Breite Straße entlang. Sie waren guter Dinge und freuten sich auf einen entspannten Nachmittag mit Liss im Café. „Wollen wir gleich hier draußen Platz nehmen?", fragte Jay die beiden. Micha nickte und Melissa hob nur die Schultern. Jayden sah sie nachdenklich an. Dann gingen sie zu dem Tisch mit vier Stühlen, der gerade frei geworden war und nahmen Platz. Der Kellner kam und nahm die Bestellung auf.

„Was darf ich ihnen bringen?", fragte er freundlich. Liss sah Jayden vorwurfsvoll an und sagte: „Ich wette, du willst ein Bier oder gleich einen ganzen Kasten, nicht wahr?" Micha fügte hinzu: „Ja, weil es heute so warm ist. Ich nehme trotzdem eine Tasse Kaffee." Jay reagierte nicht auf die Anspielung und bestellte ebenfalls eine Tasse Kaffee und für die junge Dame einen Cappuccino, nicht wahr Melissa?" Sie nickte nur und sah finster drein. „Kommt sofort", meinte der Kellner und verschwand.

Die Kirchglocken läuteten und in diesem Moment öffnete sich die Rathaustür und ein Brautpaar stellte sich oben an der Treppe in Position für den Fotografen. „Wieder zwei unter der Haube", sagte Micha scherzhaft. Das Brautpaar schritt die Stufen der Rathaustreppe hinab und begann, Kleingeld zu schmeißen. „Na, willst du nicht hingehen und dir etwas aufsammeln? Ich wette, es reicht für ein Bier", wiederholte Liss ihre Anspielung. Micha sah sie von der Seite her an. Jetzt hatte er das Gefühl, dass hier etwas im Argen war.

Jayden rauchte eine Zigarette und fragte ruhig: „Willst du uns etwas sagen, Melissa? Warum bist du so gereizt heute?" - „Meinst du, er hat sie nach Abschluss einer Wette rumgekriegt?", frage Liss Jayden mit ernster Stimme. „Wer?" - „Na, der Bräutigam die Braut", hörte er Liss antworten. „Jetzt sag mir endlich, was mit dir los ist und mach nicht immer nur Anspielungen. Warum bist du so sauer?" - „Weil ich es nicht ausstehen kann, wenn man Wetten abschließt und schon gar nicht auf mich." Micha trank von seinem Kaffee, den der Kellner gerade gebracht hatte. „Also, ich weiß nichts von einer Wette. Was meinst du Melissa?" Er stellte die Tasse wieder auf den Tisch und blickte Liss fragend an. „Sven hat mir erzählt, dass ihr damals beim Fest in Krembach mit Streichhölzern gelost habt, wer mich rumkriegen soll. Und du Jayden, hast einen Kasten Bier darauf verwettet, dass du es schaffst. Ist das wahr?" Michael versuchte, sich zu erinnern und Jay deutete auf Liss: „Du hast da Schaum vom Cappuccino." „Nimm deine Finger weg, Jayden, und beantworte meine Frage. Ist das wahr?" Er zog tief an seiner Zigarette und verneinte die Frage. „Ich weiß von keiner Wette." Liss war immer noch sauer und wollte ihm nicht glauben. „Warum sollte sich Sven so etwas ausdenken?" - „Der hat mehr als einen Grund, Liss", meinte Michael schließlich. Melissa wischte sich mit einer Serviette den Schaum vom Mund. „Gut, dass wir das jetzt geklärt haben." - „Es ist zwar süß, wie du vor Wut überschäumst, aber du hast überhaupt keinen Grund", sage Jayden abschließend. „Es tut mir leid, ich weiß auch nicht, wie ich diesem Idioten von Sven glauben konnte. Vergesst es!"

Das Brautpaar war längst abgefahren und Liss schaute wieder rüber zum Rathaus. „Ich wollte schon als Kind hier in Wernigerode in dem schönen Rathaus heiraten", erzählte Melissa den beiden. „Was spricht denn dagegen?", wollte Micha wissen. „Weil man heutzutage nicht unbedingt heiraten muss." Liss sah Jayden an und dann Micha. „Ich glaube noch an die Ehe." - „Und du wartest noch auf den Traumprinzen, nehme ich an", ließ Jayden verlauten. „Ja", antwortete Melissa, „ich träume noch, vielleicht weckt mich ja jemand auf." „Unter Umständen", meinte Jayden. „Du meinst, wenn ich schwanger wäre?" Jayden sah sie verwirrt an. „Warst du denn schon?" Liss legte die Hand auf seine und verneinte. „Gut, ich meine, es gibt vieles, was ich aus meiner Jugend bereue, glaub mir", gestand Jayden. Liss zog die Hand zurück und sagte: „Ja, das glaube ich dir aufs Wort." Ihre gemeinsame Zeit, ihr Moment? War es das, was er bereute, dachte Liss niedergeschlagen.

„Ich werde morgen früh nach Krembach abreisen." Jayden sah Melissa überrascht an. „Naja, ich habe Urlaub und feiere meinen Geburtstag mit meinen Eltern und Gina auf dem diesjährigen Sommerfest in unserem Dorf."

Michael bezahlte für alle, stand auf und verabschiedete sich: „Macht´s gut, ich muss los. Dir wünsche ich einen schönen Urlaub." Liss lächelte ihn an. Einige Zeit später verließen die beiden ebenfalls das Café.

Jayden ging schweigsam neben Melissa her. Nach einer Weile fragte er sie schließlich: „Wann kommst du zurück?" Sie sah ihn ernst an: „Wirst du mich vermissen?" - „Ich vermisse dich jetzt schon." Sie nahm seine Hand und meinte: „Lass uns spazieren gehen, was hältst du vom Lustgarten?" Jayden stimmte zu. Sie gingen die Lindenallee entlang und betraten den Park, der zu dieser Jahreszeit ein beliebtes Ziel für Familien war. Er war weitläufig angelegt und bepflanzt mit verschiedenen Bäumen. Vorbei an der alten Orangerie blieben sie etwas abseits unter einer großen Eiche stehen, als Liss zu erzählen begann: „Ich habe mir immer eine kleine Familie gewünscht. Einen Mann, der mich wirklich liebt und ein gemeinsames Kind." Jayden seufzte schwer und sah traurig zu Boden. In seinen Augen glitzerte die Enttäuschung, denn dieser Wunsch traf ihn tiefer, als Liss es hätte erahnen können. Fragend sah Liss ihn an: „Was ist denn los?"

Unser Kind

Die Liebe zu mir macht dich blind
ich wünschte
die Tatsachen wären nicht so
wie sie sind

Du sagst, ein Kind zu haben
für dich die Krönung der Liebe ist
schön, dass du es so siehst

Ich wollte, ich müsste es nicht
doch entscheide dich
auch, wenn es das Herz mir bricht
Unser Kind oder ich
beides geben, kann ich dir nicht
verzeih mir, ich liebe dich

„Es ist alles so kompliziert. Ich weiß gar nicht, wie ich es erklären soll. Seit Jahren habe ich Depressionen und nehme starke Medikamente dagegen. Deshalb…", seine Stimme brach schmerzerfüllt. Liss trat einen Schritt näher, neigte den Kopf, um ihm in die Augen zu sehen, aber Jay konnte diesem Blick nicht standhalten und wandte sich beschämt ab. „Du kannst mir alles sagen. Ich werde dich nicht verurteilen." – „Ich kann dir diesen Wunsch nach einem gemeinsamen Kind leider nicht erfüllen. Du wirst dich entscheiden müssen und ich werde deine Entscheidung akzeptieren." Melissa sah ihn verständnisvoll an. „Bitte gib mir Zeit." Jayden meinte: „Nimm dir die Zeit, die du brauchst und entscheide so, wie es für *dich* richtig ist." – „Ich will dich, Jayden. Wir können zusammen glücklich werden, das weiß ich und natürlich werden wir eine richtige Familie gründen." Jayden zog tief Luft in seine Lungen und stützte sich mit der linken Hand am Baumstamm ab. „Hast du mir denn nicht zugehört? Ich *kann* nicht der Vater deines Kindes werden, aber ich werde dich immer lieben." Liss erkannte in seinen Augen diesen sehnsuchtsvollen Blick, wie sie ihn sich so lange von ihm gewünscht hatte. Langsam näherten sich ihre Lippen und sie küssten sich sanft, vorsichtig, fast zaghaft, dann aber mit einer Leidenschaft, die Jayden die Füße unter dem Boden wegzuziehen begann. Er wollte sie mit jeder Faser seines Körpers. Eng umschlungen hielten sie sich aneinander fest.

Als sie voneinander abließen, meinte Liss aufgeregt: „Meine Knie sind wie Butter, doch ich kann immer noch geradeaus sprechen." Jayden musste über ihre erfrischende Art lachen. Hand in Hand verließen sie den Park. Auf dem Heimweg liefen ihnen Kathrin und Sven über den Weg. „Muss Liebe schön sein." Sven konnte wohl nicht anders. Kathrin sah ihn missbilligend von der Seite an und schaute dann zu Jayden: „Was willst du nur von der?" Sie deutete auf Liss. „Was wird Edith wohl von ihr denken?" Jayden trat einen Schritt auf Kathrin zu, ohne Melissas Hand loszulassen: „Meine Großmutter weiß von ihr und meint: Ich soll auf mein Herz hören." Kathrin zog die Augenbrauen hoch: „Und, für wen schlägt dein Herz?" Melissa sagte kein Wort und auch Sven hielt sich diesmal zurück. Jayden blickte Kathrin ernst an und entgegnete: „Jedenfalls nicht für dich." - „Das wird dir noch leidtun, aber komm dann nicht wieder angekrochen, Jay." Kathrin zog Sven am Arm und wollte mit ihm fort. Ohne die beiden weiter zu beachten, meinte Jayden zu Liss: „Ich bringe dich ins Wohnheim, dann kannst du in Ruhe deine Sachen packen." Er wandte sich an Kathrin und Sven: „Ich denke, es ist alles gesagt, oder?" Ihre Wege trennten sich.

Am nächsten Morgen, Liss stand mit gepackten Koffern am Bahnhof, tauchte dort plötzlich Sven auf. Überheblich lächelte er Melissa an und ging direkt auf sie zu. „Willst du sicher gehen, dass ich abreise?", fragte ihn Liss provokant. Sven blieb vor ihr stehen und steckte die Hände in die Hosentaschen. „Ich war gerade in der Nähe und wollte dir noch etwas mit auf den Weg geben." Melissas Anspannung wuchs, denn das konnte kein Zufall sein. Was hatte dieser Kerl jetzt schon wieder vor? Sie sah ihn fordernd an. Er kam auch direkt auf den Punkt: „Wusstest du eigentlich, dass Jay und Kathrin noch Sex miteinander haben? Sie treffen sich hin und wieder, so zum Spaß, verstehst du." Und er fügte hinzu: „Macht der Gewohnheit." Liss beäugte ihn misstrauisch. Sie glaubte ihm kein Wort, diesem schmierigen Lappen: „Hat Kathrin dich geschickt?" – „Nein, Jay hat mir erzählt, wo du bist. Er wollte selber kommen, doch er hat nicht den Mumm, es dir allein zu gestehen." Sven war bekannt für seine Lügengeschichten, doch es gelang ihm immer wieder, Zwietracht zu säen. Quietschend fuhr der Zug ein und Melissa stieg in den Wagon. Sie ging in ein Abteil und nahm auf einem blauen Sitz am Fenster Platz.

Ihre alten Selbstzweifel kamen wieder. Konnte sie Kathrin das Wasser reichen? Jayden war Liss inzwischen sehr nahe. Würde er weiterhin zu Kathrin gehen und warum war Jayden nicht selbst am Bahnhof erschienen, um sich zu verabschieden? Nachdenklich blickte sie aus dem Fenster. Der Zug fuhr ab und Sven blieb auf dem Bahnsteig zurück. Sie musste sich über so vieles im Klaren werden, doch sie zweifelte zu keiner Zeit an ihren Gefühlen für Jayden. Es war eine ruhige Zugfahrt und Liss allein im Abteil. Sie lehnte sich mit dem Kopf gegen die Scheibe und träumte von einem wartenden Mann auf einem Bahnhof:

Auf und davon

Es ist ein Abschied für ungewisse Zeit
ich bleibe hier und warte auf dich
du bist noch da, doch ich vermisse dich

Es zieht dich in die weite Ferne
du sagst, du bekommst keine Luft
dass ich hier zurückbleiben werde
war mir Anfangs nicht bewusst

Wir haben gelernt, uns kurz zu fassen
du tröstest mich mit: ich ruf dich an
was bleibt mir, als dich gehen zu lassen
vielleicht kommst du wieder, irgendwann
Die Zeit vergeht und ich halte Ausschau
der Bahnsteig bleibt heute für mich leer
am Horizont, dort winkt eine Frau
du bist es nicht, kommst wohl nicht mehr

Völlig verstört kam sie zu sich. Liss würde Jayden nicht hier allein zurücklassen, ihre Liebe aufgeben. Sie hatte jetzt die Gelegenheit über alles nachzudenken. Wo war sie eigentlich gerade? Die Zeit schien verflogen zu sein. Im nächsten Ort war Melissa angekommen.

Am liebsten wäre sie gleich in den nächsten Zug gestiegen und wieder zurückgefahren. Doch sie wollte ihre Eltern besuchen und freute sich auf ein Wiedersehen mit Gina. Es war, als reiste sie in die Vergangenheit. Alles war ihr vertraut. Der kleine Bahnhof etwas abseits des Ortes. Sie war die einzige Reisende, die hier ausstieg. Hier schien die Zeit stillzustehen. Liss atmete tief ein, nahm ihr Gepäck und ging den schmalen Weg entlang bis ins Dorf. Sie schleppte ihren Koffer die Kopfsteinpflasterstraße hinauf. „Das ist aber schön, dass du uns mal besuchen kommst", rief die Nachbarin, Frau Neumann: „Da werden sich deine Eltern aber freuen, Liss." Sie winkten einander zu.

Als die junge Frau vor ihrem Elternhaus stand, schaute sie sich suchend um. Hier hatte sich nichts verändert, doch sie vermisste das Bellen ihres Hundes, der Liss früher immer so freudig begrüßt hatte. Das war nun Jahre her.

Melissa hatte ihre Eltern zwar hin und wieder besucht, doch das letzte Wiedersehen lag lang zurück. Ihre Mutter öffnete die Tür und war außer sich vor Freude. „Melli, Mädchen, das ist ja eine Überraschung." In ihren Augen schimmerten Tränen. Sie nahm Liss den Koffer ab, stellte ihn in den Flur und schloss ihr Kind fest in die Arme. Für den Moment hatte Liss all ihren Kummer vergessen. Sie war zuhause.

„Ach, Mum, ich freue mich so", brachte Melissa heraus. „Ist Dad auch da?" – „Er ist hinten und mäht den Rasen, der wird Augen machen. Aber lass dich anschauen, gut siehst du aus, meine Kleine." Beide gingen ins Wohnzimmer. „Ich mache uns gleich einen Kaffee und dir einen Cappuccino." Marion verschwand aufgeregt in der Küche. Liss schaute sich um. Die große Buchenschrankwand und das braune Sofa waren neu. In der Vitrine entdeckte Melli ein Bild von sich, als sie 6 Jahre alt war. Sie musste schmunzeln. Ihr Foto zur Einschulung und sie mit einer großen Zuckertüte. Auf dem Bild lächelte Liss zaghaft. Die bunte Schultüte war fast so groß wie sie damals. Daneben stand das Hochzeitsbild ihrer Eltern. Ein schwarz-weißes Foto. Was für ein schönes Paar, dachte Melissa. Wie jung sie doch auf dem Bild waren und wie glücklich Marion ihren Mann anschaute. Liss wollte gerade in ihr Zimmer gehen, als ihre Mutter mit einem Tablett das Wohnzimmer betrat. „Ach Melli, wir haben dein Zimmer in ein Gästezimmer umfunktioniert. Ich hoffe, du fühlst dich trotzdem wohl. Melissa nickte und meinte im Gehen: „Ich hole Dad."

Olaf kurvte mit dem Rasenmäher über den Rasen hinter dem Haus. Als er Liss kommen sah, schaltete er den Mäher aus und lief ihr entgegen. Zu ihrer Überraschung schloss er sie in die Arme und sagte: „Mädchen, hätte ich gewusst, dass du heute zu Besuch kommst." Er drückte sie fest an sich, was Liss von ihm gar nicht kannte. „Bleibst du bist zum Sommerfest?" Melissa bestätigte dies und sie gingen gemeinsam ins Haus.

Noch am Nachmittag unternahmen Olaf und seine Tochter einen Spaziergang in die Heide. Im Birkenwäldchen stand noch die alte Bank und sie setzen sich. Rings um sie herum herrschte Stille, nur das Wasser plätscherte im Bachlauf und die Bienen summten. Liss liebte diesen Flecken Erde. Sie wollte nun die Gelegenheit nutzen, sich mit ihrem Vater auszusprechen, seine Sicht der Dinge zu erfahren. Sie setzte sich gerade hin und begann leise: „Ich habe all die Jahre unter euren Streitereien gelitten. Ihr versteht euch jetzt besser, nicht wahr? Weißt du, im Grunde wollte ich immer nur, dass du mich so akzeptierst, wie ich bin mit all meinen Fehlern." Olaf Lindemann sah seine Tochter von der Seite an: „Es lag nicht an dir, Liss. Ich war immer unzufrieden und oft zu streng mit dir. Es wird einem nicht beigebracht, wie man Kinder erzieht. Ich wünschte, ich hätte…", brach seine Stimme. Liss drehte sich zu ihrem Vater und die beiden nahmen sich in den Arm: „Verzeih mir, ich hoffe, du kannst mir verzeihen." Melissa weinte vor Rührung und schluchzte an seiner Schulter: „Mir tut es auch leid, dass es nicht so gut lief zwischen uns." Der Damm war gebrochen. Liss fühlte sich erleichtert und ihrem Vater nahe. Sie blieben noch eine ganze Zeit einfach dort auf der alten Bank sitzen, plauderten über schöne alte Zeiten, scherzten und lachten miteinander. Liss erkannte ihren alten Herrn kaum wieder.

Es schien eine Last von ihm abgefallen zu sein. Auch er hatte all die Jahre gelitten und hatte nur das Beste für seine Tochter gewollt. Oft ist er dabei an seine Grenzen gestoßen und hatte überreagiert. „Du musst keine Angst mehr haben. Ich habe viel begriffen in den letzten Jahren." Die junge Frau stand auf und sah ihren Vater verständnisvoll an: „Ich bin froh, wieder hier zu sein." Weitere Worte brauchte es zwischen den beiden nicht. Am Abend kehrten sie ins Haus zurück und Marion spürte, dass die Zwei sich versöhnt hatten.

Liss sah sich ihr ehemaliges Zimmer an. Es war kaum wiederzuerkennen. Ein warmes Gelb an den Wänden und helle freundliche Buchenmöbel verliehen dem Raum einen eigenen Charme. Nur ihre Kommode mit dem großen Spiegel vermisste sie ein wenig. Sie setzte sich auf das Gästebett, schaute zum Fenster und lächelte verträumt. Es war das Lächeln einer schönen jungen Frau, die angekommen war. Sie wusste, sie hatte ihren inneren Frieden gefunden und ihr Herz war erfüllt mit tiefer Liebe zu dem Mann, dem sie vor Jahren hier in Krembach das erste Mal begegnet war.

Am nächsten Morgen erkundigte sich Liss nach Gina. Doch ihre Freundin war noch nicht vor Ort. „Sie hat Urlaub, kommt aber zu deinem Geburtstag zurück", erklärte Ginas Mutter. „Ja, ich feiere ihn auf dem Sommerfest." Liss verabschiedete sich und ging zurück nach Hause. Jetzt, wo Frieden in der Familie Lindemann eingekehrt war, dachte Melissa über die Ehe und die Liebe nach. Wie würde sie wohl ihre Kinder erziehen? Sie wollte immer Kinder haben, doch ihr wurde klar, dass sie Jayden mehr wollte. Er war ihr Leben. Liss liebte ihn über alles und wünschte sich nichts sehnlicher, als ihn glücklich zu sehen. Schmerzlich vermisste sie ihn in diesem Augenblick. Letzte Zweifel wurden verworfen: Hatte Sven wohl möglich Recht, und Jayden traf sich noch mit Kathrin? Nein, niemals! Er würde Liss nicht hintergehen, genauso wenig wie sie ihn.

Kapitel 13 – So weit die Liebe trägt

Es war ihr vierundzwanzigster Geburtstag. Liss würde ihn mit ihren Eltern und Gina auf dem diesjährigen Sommerfest in ihrem Heimatdorf feiern. Sie wollten tanzen, sich unterhalten und sich des Lebens freuen. Das Wetter spielte mit. Die Sonne schien und ein mäßiger Wind wehte. Doch ein wenig roch es nach Regen. Es wurde sogar vor einem Unwetter gewarnt.

Das Fest fand statt und das gute Wetter hielt sich. Melissa traf sich mit Gina und die beiden fielen sich um den Hals. Sie hatte viel zu erzählen: „Mel, Liebes, wie geht es dir?" – „Gut, Gini, aber erzähle du, was hast du so erlebt im Urlaub?" Melissa war so froh und ausgelassen wie lange nicht. Sie sah so glücklich aus. Nur eines trübte die Stimmung, als die Sprache auf Jayden kam, wurde Liss traurig. Wie gern hätte sie ihn Gina vorgestellt und ihn jetzt hier bei sich. Auch ihre Eltern würden ihn mögen, da war Liss sich sicher. Er war ein guter Mensch, auch, wenn er vieles hatte durchmachen müssen.

Gina zeigte Mel gerade Bilder von ihrem Ostseeurlaub, als ein Mann den Platz betrat. Gina, die sich kurz umgeschaut hatte, stupste die Freundin an: „Sieh mal Mel, kennst du diesen Typen?" Langsam drehte Melissa sich zur Straße um und konnte ihren Augen nicht trauen. „Oh mein Gott, da ist er ja." Sie sprang auf, lief Jayden entgegen und fiel ihm in die Arme. „Was für eine Überraschung, ich freue mich so", hörte er sie lachend sagen. „Du kannst doch deinen Geburtstag nicht ohne mich feiern, nicht wahr?" – „Nein, du bist mein schönstes Geschenk." Sie sahen sich glücklich an und küssten sich hingebungsvoll, bevor sie zu Gina an den Tisch gingen. „Gini, darf ich vorstellen: Das ist Jayden, und das ist meine liebe Freundin Gina." Die beiden waren sich auf Anhieb sympathisch. Sie saßen zu dritt am Tisch und erzählten und lachten viel. Gina gab Geschichten aus der Schulzeit preis und Jayden hörte gespannt zu. Liss stützte das Gesicht auf die Hände und sah Jayden verträumt an. Er war hier und nichts konnte ihr Glück mehr trüben. Gina bemerkte, sie hätte ihre Freundin noch nie so glücklich gesehen und Jayden schenkte den beiden jungen Frauen ein strahlendes Lächeln. Er legte seine Hand auf die von Liss und fragte: „Wie wär's mit einem Abendspaziergang?" Gina verstand, dass die Zwei allein für sich sein wollten und wünschte ihnen viel Vergnügen. Sie stand auf und ging zur Getränkebude.

Liss fasste Jayden bei der Hand: „Komm, lass uns gehen. Meine Eltern kannst du später noch treffen." Sie verließen den Festplatz und gingen einen schmalen Waldweg entlang bis hin zu einem Hochsitz. Sie hatten einen herrlichen Blick auf die Heidelandschaft und Jayden genoss das.

Er legte seine Lederjacke auf den Boden und sie setzten sich. „Ich habe dich vermisst, Liss. Ich musste dich einfach sehen."– Melissa hob den Kopf: „Darf ich dich etwas fragen? Triffst du dich noch mit Kathrin?" Melissa hatte sofort ein schlechtes Gewissen, als sie diesen Satz ausgesprochen hatte. Wie konnte sie das auch nur in Erwägung ziehen? Jayden schüttelte vehement den Kopf und zog Liss dicht zu sich heran: „Nein, wir sind getrennt, dass weißt du doch." Jay wurde ernst und meinte: „Ich liebe eine andere."

Melissa beugte sich zu ihm: „Kenne ich sie?" Er lächelte sie an und nickte. Liss küsste ihn zärtlich und streichelte sein Gesicht. Sie sah ihm tief in die Augen und hauchte: „Ich liebe dich auch Jayden und ich möchte mit dir zusammen sein." Ihre Lippen trafen sich erneut, als sie sich fallen ließen und er begann, sie liebevoll zu streicheln. Seine

Hände wanderten über ihren Körper, der wie ein offenes Buch vor ihm lag. Jayden knöpfte ihre Bluse auf und liebkoste ihren Busen. Sie spürte seinen heißen Atem auf ihrer Haut. Wie sehr hatte sie sich nach ihm gesehnt. „Schlaf mit mir, bitte Jayden", raunte sie mit schwerem Atem. „Ich brauche dich, ich…"

In diesem Moment hielt er inne, legte den Finger auf ihren Mund und sagte: „Ich wünsche mir nichts mehr als das, Liss, aber nicht jetzt und nicht hier. Ich werde dich lieben und dir beweisen, wie sehr ich dich will, doch zuerst höre mich bitte an: Vor dir habe ich noch nie mit einer Frau geschlafen. Meine Einstellung zu Frauen war damals sehr negativ. Ich wurde wegen meines Äußeren von Weibern angemacht, die nur das eine wollten, sich aber nicht für mich interessierten. Meine Mutter hatte ständig wechselnde Partner. Sie trieben es im ganzen Haus und sie schauten sich dabei diverse Sexfilme an. Ich habe das alles mitbekommen und wusste nicht, wie ich damit umgehen sollte. Am Ende war es mir gleichgültig. Ich stumpfte völlig ab. Meine Mutter und diese Kerle machten sich über mich lustig. Das konnte ich nicht länger ertragen. Ich suchte Liebe und Geborgenheit und zog in die Dachwohnung meiner Großmutter. Sie kümmerte sich rührend um mich und ich fand endlich den Halt im Leben. Ich verehre sie, sie ist eine wunderbare, gütige Frau." Jayden sah Melissa an und sprach leise weiter: „ Die Zeit im Hause meiner Mutter hat mich geprägt, Liss. Ich denke, ich brauche die Provokation, einen starken sexuellen Reiz, das erregt mich. Als ich damals Kathrin sah, dachte ich, sie wäre genau die Richtige für mich. Aber dann traf ich dich und du warst so wild, so sanft, so wunderbar. Ich habe mir lange Zeit vorgeworfen, dich zu etwas gezwungen zu haben. Du hattest sicherlich damals große Angst vor mir." Liss schüttelte den Kopf: „Ich hatte keine Angst vor dir, ich hatte Angst um dich."

Jayden küsste sie auf die Stirn und fuhr fort: „All das, machte mir schwer zu schaffen und ich bekam Depressionen. Ich kam mit mir und dem Leben nicht zurecht und wollte dem ein Ende bereiten." Jayden sah verschämt zu Boden. Liss hatte ihm aufmerksam zugehört, nahm seine Hand und erwiderte: „Ich möchte, dass du glücklich bist, Jayden." – „Ich weiß, Liebes. Ich möchte ganz gesund werden und werde deshalb in eine Klinik gehen, um meine Dämonen endlich zu besiegen. Dann werde ich bereit für dich und unsere Beziehung sein. Die Einweisung in die Klinik ist bereits morgen." Liss küsste ihn zärtlich, bevor sie mit sanftem Ton sagte: „Ich werde auf dich warten, wie lange es auch dauert."

Es hatte zu regnen begonnen und ein Gewitter zog auf. Die beiden verabschiedeten sich voneinander, denn sie hielten es für besser, dass Jayden ihre Eltern ein anderes Mal kennenlernte. „Grüße bitte deine Eltern und Gina von mir. " Er küsste Liss zum Abschied und wünschte ihr noch einen schönen Geburtstag. Sie stand auf der Straße und sah ihm lange nach. Es würde alles gut werden, da war sie sich ganz sicher. Sie wollte mit Jayden zusammen sein und würde es noch dauern, wäre das auch in Ordnung. Was stören schon ein paar Tage bei der Aussicht auf ein gemeinsames Leben.

Denn sie hatten endlich zueinander gefunden. Jayden, der Liss mit seiner Art stets herausforderte und der es ihr und auch sich selbst nicht leicht gemacht hatte. Eine unruhige Seele auf der Suche nach Geborgenheit und Zuversicht, welche die Geister der Vergangenheit heimsuchten. Deshalb war seine Einstellung zu Frauen auch nicht von Respekt und Achtung geprägt und er nahm sich, was er brauchte oder zu brauchen glaubte. Er suchte stets den Reiz und vermutete, ihn durch Kathrins sexy Aussehen gefunden zu haben. Doch in Wirklichkeit war er ein einsamer Wolf geblieben. Aus Angst vor dieser Einsamkeit klammerte er sich an das Gewohnte, doch fühlte sich zu Melissa hingezogen. Anfangs wusste er nicht mit seinen Gefühlen umzugehen und wehrte sich dagegen. Durch die Liebe dieser couragierten jungen Frau, die nicht müde wurde, ihn diese Wärme spüren zu lassen, fand Jayden neuen Mut, seine Vergangenheit aufzuarbeiten. Melissa hatte all die Jahre ebenfalls einen Kampf geführt. Es war ein zermürbendes Suchen nach dem eigenen Ich, ihrer Persönlichkeit mit all ihren Facetten. Ein Anerkennen der vermeintlichen Schwächen aber auch der Stärken in ihr. Die Versöhnung mit ihrem Vater war letztlich der Abschluss einer langen Reise, bei der sie sich oft selbst im Wege stand. Auch sie hatte gegen ihre Gefühle gekämpft, wollte sich ihre Liebe zu Jayden nicht eingestehen, weil diese, wie sie meinte, keine Zukunft hatte. Liss musste lernen, für sich einzustehen, zu sich zu stehen und für ihre Liebe zu kämpfen. Selbstzweifel waren Gift für sie, das wurde ihr mit der Zeit bewusst. All die Jahre hatte sie auf die Liebe ihres Vaters gehofft und jeden Mann mit ihm verglichen. Selbst kam sie sich dabei oft klein und hilflos vor. Doch, wie ein trotziges Kind, hatte Liss nicht aufgegeben. Sie war es von klein auf gewohnt zu kämpfen, hinzunehmen und wieder aufzustehen. Sie war zu einer sensiblen und starken jungen Frau herangewachsen, die mit ihrer Vergangenheit Frieden geschlossen hatte und nun auch an Jaydens Seite bestehen konnte. Ihre Liebe würde ihnen Kraft geben.

Bereit für dich

Ich habe diesen Kampf geführt
meine Gefühle stetig ignoriert
eine Zukunft für sie, sah ich nicht
doch heut bin ich voll Zuversicht

Weil die Gefühle stärker waren
sie trugen mich in all den Jahren
fand zu mir selbst und Kraft in mir
bin bereit für ein Leben neben dir

Wochen später fasste Liss den Entschluss, Jayden in der Klinik zu besuchen. Sie vermisste ihn und wollte sich vergewissern, dass es ihm besser geht. Micha fuhr Melissa nach Liebenburg und ließ sie zuerst allein mit Jayden sprechen. Liss betrachtete das Klinikgebäude und fand, dass es äußerlich wie ein Kurhotel aussah. Das Klinikgelände war wie ein Park angelegt. Von den Balkonen eines Gebäudes sahen Patienten zu ihr herunter.

Die richtige Umgebung, um gesund zu werden, dachte die junge Frau. Im Eingangsbereich von Haus 8 schaute sie sich hilfesuchend um und wurde von einer Krankenschwester angesprochen: „Suchen sie jemanden?" Liss hob den Kopf und antwortete: „Ja, ich möchte zu Herrn Jayden Meißner." Die Frau sah sie freundlich an und sagte: „Er ist gerade in einer Therapiestunde. Sind sie eine Verwandte von Herrn Meißner?" Liss nickte und meinte wie selbstverständlich: „Ich bin seine Frau und möchte bitte den behandelnden Arzt sprechen." – „Sicher, Frau Meißner, ich melde sie an. Folgen sie mir bitte." Vor dem Arztzimmer musste Melissa einen Moment warten, bevor sie dann höflich hereingebeten wurde. „Guten Tag", reichte ihr ein älterer, grauhaariger Herr mit Brille freundlich die Hand. Er lächelte sie an: „Freut mich sehr, Frau Meißner, ich bin Doktor Fritsche. Jayden hat mir gar nicht gesagt, dass seine *Frau* ihn heute besuchen wollte." Liss sackte in sich zusammen und gestand: „Wir sind nicht verheiratet, aber…" – „Schon gut, junges Fräulein. Ich vermute, sie sind Melissa Lindemann. Jayden hat mir schon viel von ihnen erzählt." Liss war den Tränen nah und sah den Arzt flehend an: „Er wird doch wieder gesund werden. Sie können ihm doch helfen, nicht wahr?" Doktor Fritsche beruhigte Melissa: „Nur so viel: Er wird noch eine Weile bei uns bleiben, aber ich denke, er ist auf einem guten Weg." Liss bedankte sich beim Doktor, der nun Jayden rufen ließ.

Liss setzte sich auf einen Stuhl und wartete geduldig. Sie legte die Hände in den Schoß und sah sich um. Im Zimmer stand ein großes Bücherregal gefüllt mit Fachliteratur. Der schwere Schreibtisch aus Eichenholz war mit Papier übersät. Doktor Fritsche begann, ein Formular auszufüllen, als sich die Tür öffnete und Jayden das Behandlungszimmer betrat. Er blieb kurz im vorderen Bereich stehen, sah zum Arzt und dann zu Melissa: „Liss, ich meine, was für eine Überraschung." Doktor Fritsche lächelte und meinte schließlich: „Frau Lindemann hat hier auf sie gewartet. Ich habe ihr bereits gesagt, dass sie auf einem guten Weg sind. Was meinen sie dazu, Herr Meißner?" Jayden nickte dem Arzt zu. Dieser ging ein paar Schritte auf Jayden zu, schob seine Brille über die Nase nach oben und meinte: „Sie können ja einen Spaziergang machen und sich in Ruhe über alles unterhalten." Melissa hielt das für eine sehr gute Idee, schließlich wartete draußen Michael ebenfalls darauf, Jayden zu sehen. Dieser stimmte zu und sie gingen den Flur entlang, über die steinernen Stufen hinaus ins Freie. Jayden blieb kurz stehen und zündete sich eine Zigarette an: „Weißt du, Liss, wir haben die Dosierung der Medikamente verringert und der Arzt meint, einem Kind steht im Grunde nichts mehr im Wege. Ich hätte mir da etwas eingeredet und mich all die Jahre viel zu viel unter Druck gesetzt." – „Wirklich? Das ist großartig, Jayden, einfach großartig." Melissa schlang die Arme um seinen Hals und küsste ihn.

Michael sah die beiden und lief ihnen Freude strahlend entgegen: „Hallo Jayden, wie geht es dir, du siehst richtig erholt aus." Liss bestätigte: „Stimmt, ich finde auch, du siehst gut aus, viel entspannter." Sie sah Jayden liebevoll an und strich ihm über die Schulter. Dieser wandte sich an die beiden: „Schön, dass ihr mich besuchen kommt. Ja, mir geht es schon viel besser. Ich fühle mich wohl hier, habe regelmäßig Einzelgespräche mit dem Arzt und auch sonst einen durchstrukturierten Tagesplan." Jayden sprach über die Ruhe, die er hier fand, dem netten Mitbewohner auf seinem Zimmer und die Therapieeinheiten, an denen er teilnahm. Er sei sich bereits über vieles im Klaren, doch hatte noch einen weiten Weg zu gehen. Sie erzählten sich alte Geschichten und lachten herzhaft über die eine oder andere Story. Es war einfach wunderbar, Jayden so ausgeglichen zu erleben. Liss ging das Herz auf und auch Micha freute sich für seinen Freund: „Das ist ja eine tolle Anlage hier, gut, dass du dich entschlossen hast, hier herzukommen. Dir scheint es wirklich besser zu gehen und das freut mich für dich."

Eine Stunde später musste Jayden wieder zu einer Behandlung und verabschiedete sich: „Danke, dass ihr da ward, das war wirklich eine schöne Überraschung. „Liss, Kleine", er sah Melissa direkt in die Augen: „Mach dir keine Sorgen, ich komme schon wieder auf die Beine." Dann wandte er sich an seinen Freund: „Pass mir gut auf meine Lady auf, bis ich zurück bin." Michael versprach es und stieg in den Golf. Liss und Jayden flüsterten noch miteinander und küssten sich zärtlich. Dann stieg auch Melissa in den Pkw und Micha fuhr davon.

Acht Wochen später...

Im Büro stapelte sich die Arbeit, als das Telefon klingelte. Melissa meldete sich mit: „Firma Meyer", als am anderen Ende die geliebte Stimme erklang. Jayden kündigte seine Entlassung an. Er würde heute Abend wieder zurück sein. Micha wisse bereits Bescheid und hole ihn ab. Liss war außer sich vor Freude. Sie legte den Hörer auf und klatschte in die Hände: „So, ich nehme mir den Rest des Tages frei, ich meine, ich nehme Überstunden." Thomas sah ihre Freude und das Leuchten in ihren grünen Augen. „Na, dann mach's mal gut und bestell liebe Grüße." Sie brauchte nicht zu fragen, woher er wusste, dass Jayden nach Hause kam. Thomas kannte sie nun schon so gut, dass er es ihr ansah, worüber sie so glücklich war. Er seufzte und machte sich wieder an den Papierkram. Liss rannte über das Betriebsgelände. Sie konnte es kaum noch erwarten, Jayden in die Arme zu schließen.

Eine Stunde später war es dann endlich soweit. Micha setzte Jayden vor dem Hause Meißner ab und Liss, die vor dem Tor aufgeregt gewartet hatte, sprang ihm in die Arme: „Ich bin so glücklich, dich zu sehen. Ich habe dich vermisst." Jayden hatte Tränen in den Augen und hielt sie ganz fest. Dann nahm er sie auf den Arm und trug sie ins Haus. Er setzte Melissa in den Lehnsessel, brachte seine Tasche in die Wohnung und schloss hinter sich die Tür: „Es gibt Momente, die malt man sich lange aus und das hier ist einer davon, Liss." Er legte eine Schachtel Zigaretten auf den Tisch, deutete mit dem Kopf darauf und sagte stolz: „Die brauche ich nicht mehr, ich hab's mir inzwischen abgewöhnt. Ich werde es nicht vermissen, doch dich habe ich vermisst, sehr sogar, Liebes." Melissa stand auf und schlang die Arme um seinen muskulösen Hals, und sie trafen sich zu einem leidenschaftlichen Kuss. Jayden begann, Liss langsam zu entkleiden. Sie zog ihm ebenfalls das schwarze Hemd aus, lehnte sich an seinen Oberarm und biss zärtlich hinein. „Frau Lindemann, heute noch nicht zu Abend gegessen? Ich denke, ich kann ihren Appetit stillen." – „Weißt du eigentlich, wie sehr ich dich liebe, Jayden Meißner?" Er tat verwirrt, zeige mit seinem Finger auf sich und lächelte." Liss nickte und begann seinen Oberkörper mit federnden kleinen Küssen zu übersäen. Jayden atmete tief, nahm sie auf den Arm und trug sie zum Bett. Dort legte er sie sanft ab, und Melissa wollte gerade zum Lichtschalter greifen, als er sie am Arm festhielt: „Nein, ich möchte dich sehen, während wir uns lieben." Liss war das recht, denn sie hatte keine Angst sich zu zeigen und vertraute ihm.

Spiegel der Liebe

Weil jeder Tag besonders ist
wenn du in meiner Nähe bist
kann ich frei sein und es wagen
mein Innerstes nach außen tragen
mich dir zeigen - ungeschminkt
weil meine Fehler keine sind
gar liebenswert für dich erscheinen
du lässt mich lachen und auch weinen
dir zu zeigen, was du in mir siehst
gelingt mir nur, weil du mich liebst

Jays Augen funkelten wie zwei Sterne und sie begann, darin zu versinken. Liebevoll und vorsichtig küssten sie einander. Dann liebkoste er ihr Ohrläppchen, ihren Hals und fand den

Weg über die Schultern bis hin zu ihren Brüsten. „Du bist so wunderschön", hauchte er. Sie streichelte seine nackte Haut und krallte sich in sein warmes, festes Fleisch. Beide wurden von ihrem Verlangen mitgerissen und liebten sich immer leidenschaftlicher. Liss spürte seine Hand zwischen ihren Oberschenkeln und stöhnte leise auf. Sie suchte an seinem Rückgrat Halt und fand ihn dort. Jayden fühlte ihre Bereitschaft, als er sie mit kreisenden Bewegungen streichelte. Sie hielt kurz den Atem an und schloss die Augen. Dann beugte sie sich ihm verlangend entgegen und rief: „Jayden bitte, ich brauche dich." Sie hatten so lange auf diesen Augenblick warten müssen. Kraftvoll drang er in sie ein und begann, sich rhythmisch in ihr zu bewegen. Immer intensiver wurden seine Stöße. Melissa spürte Jayden tief in sich und gab sich ihm willens hin. Sie war im siebten Himmel und er liebte es. Mit zunehmender Erregung stieg seine Muskelspannung, Atem- und Pulsfrequenz erhöhten sich. Gemeinsam fieberten sie dem Höhepunkt entgegen und erlebten ein Feuerwerk der Gefühle, denn unter den Wogen ihrer Leidenschaft war die Begierde erwacht. Mehr, immer mehr, den Partner schmecken, ihn fühlen, seine Erregung sehen und hören können. Ein sich hingeben und genommen werden vereint im Liebesakt, was könnte erfüllender sein?

Die Liebe erspüren

Mit zitternden Händen sich dir zuwenden
den Schmerz in den Lenden
mit feuchten Lippen den Partner beglücken
vor Freude entzücken, näher zu rücken
den Körper massieren
den Schauer ihn spüren - ohne zu frieren
sich öffnen, umschließen, beim Höhepunkt ergießen,
jede Bewegung genießen
die Wogen der Lust, schwer atmend
sich hebend die Brust, vergessen der Frust
Wärme in sich spüren, sich gegenseitig verführen,
federleicht sich zu fühlen
um in wild feuchten Tüchern entspannt
dann zu kichern und Frieden zu finden

Sie sahen sich tief in die Augen und Jayden lächelte glücklich: „Ich liebe dich, Melissa. Ich werde dich immer lieben und für dich da sein." Liss war überwältigt, hauchte dann mit sanfter, zärtlicher Stimme: „ Für immer, weil mein Herz für dich schlägt."

Zeitfracht Medien GmbH
Ferdinand-Jühlke-Straße 7
99095 Erfurt, Deutschland
produktsicherheit@kolibri360.de